JN336573
助けて！
Goodfull
先生!!
1
The most famous search engine
"Goodfull" evolved gigantically!
And it helps the prince who retired at age 10.
高田 田 Den Takada
イラスト・りーん Rean

目　次

Q１：前話　グッバイ前世。ハロー今生。

転生キター！

異世界キター！

チートキター！

無双キター！

肉食ハーレムキター！

そう思っていた時期が俺にもありました。


三十代前半にして、動脈硬化による心筋梗塞でぽっくりと逝ってしまったこの私。

『あんたメタボなんだからダイエットしなさいよ』と口うるさく言ってくれてた母ちゃんゴメンよ。

こうして若くして死んでしまったことは悲しいけれど、甘い物を口に運ぶことを止められなかった自分が悪い。


俺の馬鹿。俺が馬鹿。俺のみが馬鹿だ。

馬と鹿は馬鹿じゃない。あとカバも。

今生では、野菜もちゃんと食べて、好き嫌いなく、デトックスにもダイエットにもＢＭＩにも気を付けるよ。

残してきた両親には悲しくつらい思いをさせるだろう。残してきた兄や弟が支えてくれることを祈ろう。

本当に、迷惑を掛けてすまない。

ハードディスクその他諸々（もろもろ）に残る男の夢の産物については、生前に弟と交わしていた紳士協定が守られることを祈るだけだ。

グッバイ前世。ハロー今生。

さて、そんな過去世の後ろ向きな話はさておき、今生についての前向きな話に移りたいと思う。

◎以下の質問にお答えください。

Ｑ：あなたはニトログリセリンの製造方法を知っていますか？

Ａ：ＮＯ

Ｑ：あなたは革新的な農法を実践できる段階で習得していますか？

Ａ：ＮＯ

Q：あなたは透明なガラスや曇りや歪みのない金属鏡の製造法を記憶していますか？
A：NO
Q：あなたは炭素鋼を作るにあたっての知識、および合金の材質となるクロムやチタン等の希少原材料を特定する技能を有していますか？
A：NO
Q：あなたは……
A：NO！　NO！　NO！

職業柄エクセル、ワードはもちろんパワーポイント等の操作、あとは普通自動車免許を持ってます。

あ、免許はオートマ限定ではなくミッションですから古い社用車でも運転できます。大丈夫です。

くそっ、現代知識が役に立たねぇ。

いや、現代でしか役に立たない現代知識しか持っていない。

これが農家の生まれなら農業無双も出来たのでしょうがない袖は振れない。

ジャガイモの収穫量が小麦に比べて多いとか、連作障害があるとか、そういった漫画レベルの知識はあっても、それを実践するまでには高い高い壁があるものです。

そもそもジャガイモを探すところからだ。異世界にジャガイモが「あれば」の話だが。

現代知識で無双する？

無理無理。生兵法は大怪我の基(もと)。

孫子(そんし)の兵法？　〝彼を知り己を知れば百戦殆(あやう)からず〟という一文しか知りません。

そして己の無力はよーく弁(わきま)えております。


相手が三人なら絶対に負ける。

相手が二人ならそこそこ負ける。

相手が一人なら？　まぁ……負けるね。


しかーし！　今生の俺は生まれからして王族の三男というチート職業！

さらに二人の兄と一人の姉が多重かつ特級の〈加護〉持ちというリアルチーター！

〈加護〉というのはいわゆる魔法属性のようなもので、さらにその強度を五級から一級までの五段階と、規格外として付けられる特級の六段階で表現されるこの世界特有の異能力のことだ。


〈剣〉の特級加護を持つ二十歳の長兄、レオンハルト・フリードリッヒ・フォン・グローセの剣技は凄まじく、文字通りに山を砕き海を割るのだから洒落にならない。

毎日の素振りで大空の雲が細切れになっていくのは爽快でもある。レオ兄さまは他にも〈戦・力・太陽〉の加護を持ち、いずれも特級という「黄金の獅子」という二つ名の方が霞(かす)んでしまうほどの金髪イケメンチーターだ。

だって、レオンハルト兄さまからすれば獅子なんて子猫も同然じゃない？

〈弓〉の特級加護を持つ十八歳の次兄、ジークフリート・ルートヴィヒ・フォン・グローセの弓は目標に必ず命中するという一見地味なチートだが、空に放った一本の矢が幾万にも分裂して幾万の標的の頭部や心臓に必ず命中するあたり、この世界の質量保存則がどうなっているのかが心配になる。金の矢を放たせれば金が万倍になるのだろうか？

他にも〈影・月〉という特級加護を持ち「月影の聖弓」という二つ名を持つ銀髪イケメンチーター。

荒々しく勇ましいレオ兄さまとクールで知的なジーク兄さまは、城内城下の全女性を騒がせる二大巨頭である。

そして、十五歳の長女であるルイーゼ・フォン・グローセは城内城下の男性の憧れの華だ。

おっとりとした天然系の優しい心と、たまにでる悪戯(いたずら)心が堪(たま)らない彼女だが、ルイーゼ姉さまも特級の多重加護持ちである。

〈槍〉をその手に取れば鋼鉄の鎧を豆腐を貫くように貫通させ、その先の城壁にまで大穴を空けてしまう戦乙女。その他にも〈結界・生命〉という二つの特級加護を兼ね備えている。金糸の如き長く美しい輝く髪、そして巨乳の我が愛(いと)しの巨乳の姉だ。大事なことだから何度言っても良い。巨乳だ。弟特権でふかふかを何度も堪能させてもらった巨乳の姉だ。十五にして巨乳の姉だ!!　むしろもう〈巨乳〉が加護で良いんじゃないかな!?　そして、そのふかふかは俺だけのものだ!!

ここまで兄さまや姉さまが化物、もとい傑物揃いならば、俺こと三男カール・グスタフ・フォン・グローセに与えられる〈加護〉への期待はいやがおうにも高まるばかりである。グローセ王家には珍しい黒髪、続く黒い瞳、そして彫りの浅いのっぺりとした顔立ち、醤油系のあっさりとしたお蕎麦やおうどんがとっても似合いそうな雰囲気。あれ？　俺のなかの西欧遺伝子はどこにいった？

双子の妹にあたる次女のシャルロット・フォン・グローセは同じ十歳にして銀の髪に白磁の肌、紫の高貴な瞳に月の女神を想わせる美貌を兼ね備えているのに、なぜ俺は和風？

僕の周囲は中世ファンタジー世界なのに、なにゆえ僕はデフォルト日本人なのでせう？

ええ、嫌な予感はしていたのですよ。

転生キター！

異世界キター！

チートキター！

無双キター！

肉食ハーレムキター！

そう思っていた時期が俺にもありました。

第一話　〈加護〉のなかの鳥

この世界の『人類種』は十歳を迎えたときに世界から〈加護〉を得る。

剣や弓などの人工物から火や風といった自然物、料理や夢といった形而上の概念に至るまで、言葉として成立しているものならば大抵の〈加護〉が過去には存在した。

ただし、この〈加護〉の付与は偶然に大きく左右されるため、〈パン〉の加護を持った超一流のパン職人の子供が同じ〈パン〉の加護を得られるかどうかは運を天に任せるほかない。

一応、十歳に至るまでの経験や願望が与えられる加護の種類について影響を及ぼすとも知られており、剣の道を志した少年は剣の加護を得やすい傾向があるのは歴史が証明する確かなことだった。

与えられる加護は最低でも一つ。運がよければ二つ三つと得ることが出来るのだが、その場合は一つあたりの加護の等級が下がってしまい器用貧乏に陥りがちだとも言われている。

実際に、軍人の家系に生まれて幼少の頃から剣と槍と弓を三種に亘（わた）って仕込まれた少年は、剣と槍と弓の三重加護を得た。

しかし、等級は全て四級であり、三級の加護を持つ剣士・槍兵・弓兵のそれぞれの誰にも勝つことは敵わなかった。

人間の手は二本であり、剣と槍と弓を同時に扱うことは出来ないのだから当然である。

のちにこの少年は失意とともに出奔したと伝えられている有名な寓話だ。

この結果について加護研究の第一人者はこう述べる。

まず魂が先天的に持つ気質があり、その上に十歳に至るまでの経験や願望といったものが加味されて加護の種類と数は決定される。さらに〈加護〉を受け入れるための魂の容量、キャパシティに従い等級が割り振られるのだろうと語られた。

件(くだん)の少年は剣・槍・弓のいずれか一種に絞っていたならば一級を狙えたかもしれない原石であったのだ。

惜しいことをしたものである。

それはさておき、今日は俺ことグローセ王国カール第三王子の十歳の誕生日、つまり〈加護〉を得るべき目出度(めでた)き日なのであった。

◆　◆

「カールにーちゃんはおっぱいが好きだから、おっぱいの加護とかがお似合いだよね♪」

この憎んでも憎み足りないほど、可愛いことこの上ない愛しき俺の双子の妹シャルロットがニヤニヤ笑いでちゃかしてくる。

前世の記憶を引き継ぐために子供の頃から自然と大人びていた俺は、このお転婆娘を二十四時間体制で見守りながら、二十四時間体制で甘やかし続けてきた。

結果、俺は重度のシスコンになった。だがしかし、シャルロットも重度のブラコンになったのだから問題ない。

そう、こうして天秤の釣り合いは取れたのだ！


しかし、おっぱいの〈加護〉か……ありえなくもないから怖いなぁ。

前世の記憶と子供の肉体、そして王家の血筋というコラボレーションは、実に素敵な女体ライフを俺に満喫させてくれた。

とはいえ、第二次性徴前のこの体。脂ぎった大臣が無垢な乙女を組み敷くような粘着エロスは実行出来なかったわけだが。

だがしかし性欲とは関係ない所で、男とはおっぱいが大好きな生き物らしい。

声を大にしても良い。俺はおっぱいが好きだ!!

ルイーゼ巨乳姉さまの巨乳が大好きだ！

でも〈加護〉が「おっぱい」か……王族として流石にそれは不味くね？

いや？　豊胸や美乳を望む世の女性達にとっては垂涎(すいぜん)の的になれるのではなかろうか？

「そうだな、おっぱいの〈加護〉を得た暁にはシャルの膨らみ始めた生意気な乳を洗濯板に戻してやろう。これは兄としての愛だ」

「やだーっ！」

そう言ってコロコロと笑うシャルロットは本当に可愛い。そして、少し怖がっていた。

優秀や天才という言葉には収まりきらない兄や姉を持つ身としては当然だろう。

かく言う俺自身も不安が高まって緊張している。が、震えるシャルロットの手を握る自分の手に怯えは絶対に出さない。

これが男の矜持（きょうじ）というものさ!!


さぁ、カーテンの幕があがり、お披露目の時間が始まる。

玉座に座る父王君、両脇を固める金獅子と月影のお兄さま方、その隣には巨乳のお姉さま。巨乳のお姉さま。

謁見室にはグローセ王国全土から招待された永代貴族とその子弟達が左右に立ち並び、その中央には〈加護〉を鑑定するための大きな水晶球が鎮座していた。

鑑定の水晶球と呼ばれるこの球体は、触れた者の〈加護〉を光の文字として映し出す。

ご丁寧なことに〈加護〉の名前だけでなく、等級まで表示してくれるのだからとても親切だ。

そして、その後の人生も決定付けてくれるほどに親切極まりない非情な水晶だ。

中空に「おっぱい‥特級」と示される未来を想像してちょっと冷や汗が流れた。

第二次性徴前から真性のオッパイスキーな子供というのも少ないだろうから、そういった意味では希少極まりないレアな加護かもしれないが、この身に付けることは御免こうむる。

緊張に鼓動を速めながら、王族スマイルを崩さないようにしてシャルロットと共に水晶球へと続く赤絨毯（あかじゅうたん）を踏みしめる。

俺と繋いだ手をギュッと握りしめるシャルロット。

あ、やばい、緊張したシャルロットが可愛すぎて俺の王族スマイルが崩れそうだ。

思えば前世では男だけの三人兄弟。気は楽であったが妹は格別だった。

リアル妹がいない奴に限って幻想を……などと述べる方々もいますが、もしもその妹がシャルロットだったならデレデレになったに違いない。可愛い妹は別腹なのですよ、キミタチ？

あぁ、加護が「妹：特級」だったらどうしよう？

いや、それは受け入れようじゃないか！

シャルロットだって受け入れてくれるはずだ！（希望的観測）

そんな馬鹿なことを考えながら赤絨毯を踏みしめているうちに水晶球の前に到着してしまいました。

グローセ王国国主、ヴィルヘルム父王君が感慨深げに俺とシャルロットを見つめてから、僅かに目を伏せた。今生の母は双子を産んだ代償として体を悪くして、一年と経たずに亡くなってしまった。

残念なことにルイーゼ姉さまの〈生命〉の加護はその時にはまだ発現していなかったのだ……。

その遺児が今日、〈加護〉を受け、成人となることへの感慨深い思いが胸を突いているのだろう。

俺は、命を賭して産んでくれた今生の母の顔を覚えているのだが、妹のシャルロットはなにも覚えていない。

異世界キタコレヒャッハー！　な気持ちは、こちらの世界の母の死と共に一瞬にして消え失せた。

残ったのは己の無力感とやるせない罪悪感だけであった……。

無意識のなか母親の影を探しうろうろとするシャルロットを抱きしめて、俺は一緒になって泣いたものだ。

「カール、シャルロット、両名が揃って成人の儀を受けられることを余は嬉しく思う」

社会的に十歳は子供であるが〈加護〉を受け、それを行使するものとしては成人としての義務を背負う。

むろん社会経験の少なさから即座に公職に就けるわけではないが、犯罪者としては成人扱いされる年齢となる。

また、得られた〈加護〉によって自らの人生の割り振る先について深く考えることとなり、それをもって成人としての一歩目を踏み出すのだという意味合いが、この儀式には込められているのであった。

通常は、街の教会にある小さな水晶球で行われる儀式なのだが、王族である俺とシャルロットはお披露目という意味合いも含めてこのような式典形式を取らざるを得ないのだった。

この後には成人祝いの晩餐会（ばんさんかい）が催され、正式な社交界デビューとなるのだが、どうせ集まった女性陣は金獅子兄さんと月影兄さんにダ◯ソンばりの吸引力で吸い寄せられてしまうので、俺としては気楽なものだ。

だがしかし、シャルロットに近づこうとする腐れ外道の貴族子弟どもからは妹を守らなければならない!!　シャルロットを嫁にしたければ人間兵器のレオ兄さまとジーク兄さまを倒してからにするんだな!!

二人の兄もわりとシスコンだからな！　覚悟しとけ!!

「では、これより成人の儀を始める。水晶球に手を触れるが良い」

父王君の声に従い揃って手を伸ばし、俺とシャルロットはどちらが先に？　と、見詰め合ってしまう。

「カールお兄様の加護で妙なものが出ても困りますし、私が先に触れますわね？」

まだ、おっぱいネタを引っ張るか。愛いやつめ。

シャルロットは力一杯に俺の手を握りしめ、不安に怖けて震えそうな体を押さえこみながら、もう一方の手でそっと水晶球に触れる。

鑑定の水晶球から淡い光が立ち上り、それが中空に光の文字を描く。

「自然：特級」「天地：特級」「愛：特級」

三重の特級加護、紛れもない傑物の証明であった。

その〈加護〉の権能は今はまだ不明だが、並べられた文言から、それが底知れないものだということを謁見室に集まった誰もが予想した。

シャルロットがホッとした表情の笑顔を俺に向ける。

あぁ、この世界にデジカメがあったらなぁ。

脳内フォルダにシャルロットの笑顔を気合で念写保存する。くわぁぁぁぁっ!!

さ~て、次は俺の番だ。

緊張と不安からくる震えを隠しながら水晶球に手を伸ばす。

「おっぱい」やら「妹」やらの雑念が心の底から湧いてきたので、般若心経をぎゃーてーぎゃーてー心の中で唱えながら手で触れた。

どうか、「おっぱい」だけは出ませんようにという願いを神仏は叶えたのか、その〈加護〉は与えられなかった。

王の御前で騒ぎ立てるような礼儀知らずなどいないはずの列席者達から、どよめきの声が上がった。

ペタペタペタと何度も触れる。

水晶球は何も語らない。

ざわつきとどよめきが大きくなる中、小間使いが俺の足元に跪(ひざまず)き、小型の、街の教会で使われる水晶球を俺に捧げた。

シャルロットが俺の手をギュッと握った。それは、先ほどの緊張とは別を意味していた。

激しく鼓動する心音が耳に煩(うるさ)く、震えそうになる体を押さえつけて、歯が鳴らぬように歯をかみ締めながら、小さな水晶球に俺は手を触れる。

そして、小さな水晶球もまた何も語らなかった。

◆　◆

王族の三男が〈加護〉を得られなかった。

この事実には緘口令が布かれたものの、人の口には戸は立てられない。焼け石に水だろう。

「晩餐会、中止になったってな。ゴメンな、社交界デビュー楽しみにしてたのに」

今、この場では俺ではなく、なぜかシャルロットが涙を流していた。

先に泣かれてしまうと、男としては落ち込むこともできない。

「晩餐会用のドレス、綺麗なんだろうなぁ。どうだ？　にぃちゃんに着て見せてくれないか？」

俺の胸に顔を埋めたまま、すすり泣く声しか上げてくれないシャルロット。

肩に手を伸ばすと、嫌々とするように胸に顔を押し付け、両手で強く俺の背中にしがみつく。

人気のなくなった謁見室の中央、非情なる水晶球の前で、シャルロットにしがみつかれるままに俺は立ち尽くす他なかった。

父王君と二人の兄は永代貴族達を連れ、今回の失態に対する会議を開いていた。

二人の兄があまりにも輝かしすぎるものだから、三男坊の失態など取るに足らないスキャンダルなのだけれども。

王族としての体面は、面倒くさいものである。

グローセという国は一枚岩ではないものの派閥争いが起きるほどに分裂した国でもない。

一つたりとも〈加護〉が与えられないという現象は王族・貴族・平民に至るまで歴史上、起こったことのない一大珍事ではあるものの、それをもってどうこうされるということもないだろう、とは予想できている。

ただ、優秀という言葉を十回ほど累乗した兄姉妹に囲まれた、無能の子が一人残るだけだ。

隣国にとっても大した話題にはならないだろう。

レオンハルト兄さまにジークフリート兄さまという人間兵器の脅威に三男坊という新たな脅威が加算されなかっただけの話である。

二百発の核爆弾が三百発に増えなかった、ただそれっぽっちの話だ。

俺の無能に胸を撫で下ろすか、あるいはシャルロットという新たな脅威に怯えるか、それだけの話だ。

腐っても十年、王宮に身を置き続けた結果、だいたいの事の顚末（てんまつ）は俺にも予想できているつもりだ。

俺自身の身の置き所としては、城内の奥地か、遠方の避暑地にでも寿命の尽きるその時まで軟禁されるといった所だろう。

唯一怖いのは教会内の強硬派くらいだろうか。

強硬派とは、人類種に〈加護〉を与えるものを偶像化し崇拝し、その神の言葉を聴いた電波さんの日記を聖書と呼ぶ人々のことだ。

ただ、〈加護〉の研究が進むにつれ、教会への寄進や神の信仰と〈加護〉の増減は一切関係ないと看破されて以来、教会の権威は地に落ちた。

地下にめり込むほどにだ。

高みに持ち上げるほど落下の際の位置エネルギーが高くなるのはなにも物理に限った話ではないらしい。

だが、信仰心が厚い者、いや、信仰という名で自尊心を満たしたい者ほど、地に落ちたソレを天に持ち上げたがるもので、〈加護〉に見捨てられた俺を呪い子だとか、悪魔の子だとか難癖をつけて襲い掛かってくる可能性もある。

もちろん王族に刃を向けた以上、一網打尽に荒縄と首に仲良しさんになってもらうわけだが、その囮(おとり)役が俺の王族としての最後のお勤めになるのかな？

〈加護〉がない以上、成人でもなく、まして子を成しても我が子が同じ〈加護〉なしになる可能性を考えれば、生涯、独身童貞を貫かされる恐れも高い。

あぁ、それは地味に嫌だなぁ……。


「ごめん……なさい」

胸の中で泣いていたシャルロットが唐突に謝罪の言葉を告げる。

「私が、カールにーちゃんの……加護を……」

「それはないよ」

双子だからと言って、どちらか一方だけに〈加護〉が宿るということはない。

現状主流となっている〈加護〉の付与理論でも、それは見当違いというものだ。

考えられるとしたら、前世の俺というものが入り込んだせいで魂の容量が一杯になり〈加護〉を受け入れられるキャパシティが足りなくなってしまったとか、そういうところだろう。

全部、俺のせいだ。

間違ってもシャルロットの責任ではない。

「シャルロットの加護はシャルロットの加護だよ。にぃちゃんの加護を奪った訳じゃない。そんなふうに自分の責任だって考えちゃ駄目だよ？」

可愛い妹が自分のために泣いてくれている姿を嬉しく感じてしまうこの兄心、ちょっと悪い気もする。

あぁ、こんちくしょう、本気で可愛いなぁ。

「これはあれだ。にぃちゃんのおっぱいに対する情熱が足りなかったんだ。きっとあと十年もおっぱいに情熱をかたむけたなら神様もおっぱいの〈加護〉を与えてくれるに決まってるさ」

年老いてから〈加護〉が追加されたという事例はない。

〈加護〉は与えられた時点で等級ごと固定され、あとはその利用法や効率的運用法を個々に磨いていくほかないものだ。

そんなことは承知の上での戯言(たわごと)だが、シャルロットはわざと騙されてくれた。

「ぶぁぁぁぁか」

鼻水と涙でぐしゃぐしゃの声が俺の胸元から響くのだった。

◆　◆

結果として告げられたのは、王家の所有する避暑地での長期……終生に亘る病気療養であった。

グローセ王家の三男坊は運悪く流行り病にかかり、そもそも成人の儀が行われなかったことにするそうだ。

三食昼寝つきの優雅な老後生活とでも考えれば、前世基準ではまことに素晴らしい待遇だ。

十歳からの隠居生活。うん、なんだかラノベのタイトルにでも出来そうだ。

隠居生活の片手間に物書きでもやってみよう。

「では、父王……ヴィルヘルム父様、お体にお気をつけて」

「病気療養に出るのはカール、お前の方なのだがなぁ」

言われてみればそうだった。

苦笑いが二人の間に零(こぼ)れる。

「では、父王……御髪(おぐし)にお気をつけて」

「ここで吐(ぬ)かすかぁ!!」

最後の最後なので、最近、めっきり元気のなくなった父上の頭髪について心配しておいた。

往路はレオ兄さまとジーク兄さまの両名が護衛につくことになった。

これで襲ってきた野盗の方達が涙目になること間違いなしだ。

俺の旅立ちはひっそりと夜半に、王家だけ……いや、家族だけが見送りの場に集まっていた。

一晩泣きはらしたシャルロットの両目は赤く腫れ上がり、ぶさ可愛い。

ルイーゼ巨乳姉さまは、俺にどう声をかければ良いのか悩んでいるようだ。

慰めの言葉なんて要らない、その巨乳の谷間に顔を埋めさせてくれたなら十分なのに。

「ドレス、似合ってるよ。顔は、ちょっと不細工だけど」

場にそぐわないパーティー用のドレスに身を包んだシャルロットに笑いかける。

「うー……」

恨みがましい上目遣いの瞳に涙が溢れ出し、さらに可愛い顔をシャルロットは見せてくれる。

それは晩餐会用のドレスだったのだろう。

薄青のサテン地がシャルロットには良く似合う。

これが赤でも黒でも似合ってしまうのがシャルロットなのだけれども。

「もう、カールったら。せっかくカールのためにシャルロットがお洒落をしてきたのだから素直に褒めないと駄目じゃない」

ルイーゼ巨乳姉さまが苦笑いで諭してくれる。

姉さまは笑顔だが、やはり俺との別れを悲しんでくれているのだろう。

すこし潤んだ瞳と、ぷるるんとした巨乳が悲しみを表している。

わかるんだよ！　おっぱいの気持ちが！　俺くらいになるとな！

さて、長々と言葉を交わし続けるのも男らしくない行為だ。

「永遠の別れという訳でもなし、別れの言葉はあっさりと。では、もう出発しますね。父上、姉上、シャルロット、お元気で」

もう二度と会えなくなるわけではない。

ちょっとした、学校の卒業式のような、この別れはそんなものだ。

オラちょっと東京に行って、銀座の山を買いに行く、この別れはそんなものだ。

上を向いて歩こう、そう、ここで涙を溢さないのは男の甲斐性なのだから。

そうして格好つけて馬車に乗り込もうとクルリと背を向けた俺の背中に人間魚雷が直撃した。

「げふぅ！」

背骨が！　背骨が！　曲がってはいけない角度に!?

我が愛しのシャルロット弾頭が俺の背骨を破壊しようとグリグリと!!

「カールにーちゃん、カールにーちゃん、カールにーちゃん……」

可愛い妹が背後から俺を抱きしめる、傍目には美しい情景だが、特級の〈加護〉を得たシャルロットさんのベアハッグはわりと命に関わります。無意識のうちに〈加護〉が発露しているのだろう、息が、息が出来ない。

「シャ、シャルロット……にぃちゃん死んじゃう……」

必死の助命嘆願を聞き入れてくれたのか、シャルロットはようやくベアハッグを外してくれた。

新鮮な空気が美味しいです。

そして肩を掴まれるとクルリと軽く体を回されて向かい合わせに、シャルロットは頬を赤らめ潤んだ瞳で俺を見上げていた。

あぁ、十歳でも女は女なんだなぁとその色っぽい表情に見惚れていると自動的にズームアップされるようだった。

いや、ズームアップではなく、これは物理的に近づいている。

俺の後頭部に回されたシャルロットの細腕が油圧式ジャッキよろしく俺とシャルロットの距離を強制的に近づける。

そうして力ずくで重ねられる唇と唇。

これが〈愛〉の権能なのか、触れた唇からシャルロットの温かな優しい甘い感情が流れ込み、多幸感が俺の脳髄を蕩(とろ)けさせた。悔しくも、俺は腰砕けに……。

それは十秒にも満たない触れ合いだったのだけれど、二人の間には永遠の時が過ぎ去ったようにも感じられた。

「え、えーっと……シャ」

俺が何かを言おうとすると、シャルロットは背を向けて脱兎の如く逃げ出した。

だが、回り込むものはいなかった。

そして残される家族五人。

沈黙が場を支配する。

「「「「「…………………………………………」」」」」

「む、うおっほん！　ではカール、息災でな」

一番早く気を取り直したのは父上、とりあえずなかったこととして進行するつもりのようだ。

「え、えぇ、カール、体には気をつけてね」

ルイーゼ巨乳姉さまも父上の流れに乗った。

「道中の安全は俺に任せろ！」

レオ兄さまがビシッと決める。流石は頼れる金獅子の兄貴だぜ。

「ふふっ、この聖弓に懸けてカールの身に傷一つ付けさせませんよ」

ジーク兄さまがクールに決めた。たまに思うがジーク兄さまには厨二の気配を感じる。

そしてそんな建前の下に流れる気まずい空気。

「はい、では、しばしおさらばでございます！」

もう何を言っているのか自分でもわからないが、とりあえず俺も流れに乗っておくことにした。

グローセ王国第三王子カール少年十歳の旅立ちは悲しい別れのはずが、こうして家族の気まずい思い出として残ったのであった。

◆　◆

時は流れ、避暑地での生活は悪くないものであった。

美しい湖畔に面した館は住みよく、護衛を兼ねて付けられた使用人達が悪い感情を向けてくることもない。

十歳から始まり、六十年ほど続くであろう超の付く閑職なのだが、不平不満を口や態度に出すほど品のない使用人達ではなかった。

血筋はあっても〈加護〉はない、異世界基準では人としてのグレードが天と地ほど離れながらもこちらを見下すことがない姿には感嘆した。

心の中でセバスチャンと呼んでいる〈執事〉の一級加護を持つハインツ老、宮廷料理人として勤めた経験を持つ〈料理〉の一級加護を持つ料理人のロニー、メイド長を務めるロッテンマイヤーさんは〈館〉の一級加護持ちだ。

彼等を筆頭に二級から三級の〈加護〉を持つ有能な使用人達は、それぞれ自身の〈加護〉と仕事に誇りを持ち、俺によく尽くしてくれている。

そんな超絶優秀な使用人達に対して感じる感想は唯一つだけ。

「もったいない……」

日本人らしいもったいない精神。

王家の血筋にあるとはいえ、こんな生産性のないナマモノにここまでの奉仕が必要なものだろうか？

四畳一間、いや、２ＬＤＫがあれば俺には十分だというのに。

あとは、ご近所のおばちゃんあたりを家政婦として雇ってくれれば御の字だ。

そう思ってしまうのは、彼らがこの避暑地に勤める限り、ここより上には絶対に昇ることが出来ないという冷たい現実があるからだ。

俺が無能力者であることは使用人の中では周知の事実であり、それはつまり、俺が死ぬまで使用人達はこの土地から解放されることがない、ということである。

そして十歳の俺はこの館の中で最も歳が若く、それゆえに順番として、死ぬのも最も後になるだろう。

ここは甘い物いっちゃう？

今生もメタボリックで逝っちゃう？

ポックリポックリ鳴らしちゃう？

前世のお母様ごめんなさい、今生も不健康で肉体的にも太く短い人生を歩むことになりそうです。

才覚溢れる皆様方をこんな俺の都合のために引き留め続けるというのは精神的にもキツイ。

ただ生きているだけで迷惑を掛けている、そんな気分。

とはいえ、すすんで死にたいわけでもない。

かといって彼等のために出来ることもない。

〈加護〉を持たないことは職を持たないことに等しい。

これから五十年、剣を振るって体を鍛え、名刀と呼ばれる剣を手にしたとしても、木刀どころか木の枝を持っただけの〈剣〉の五級加護を持った十歳児に敗北してしまうのだ。

不意を突くなり搦め手を用いるなりすれば勝利は可能であろうが、正面切っての戦いでは敗北が必ず保証される世界。

努力というものが全く意味を成さない、俺の未来に広がるのはあまりに希望のない世界であった。

ただ、〈加護〉を持つことが当たり前の彼等にとってそれは常識であり悲観することではない。

手にした〈加護〉をいかに効果的に使いこなすか、その一点においてのみ努力の価値が残っているからだ。

等級という壁があるにしろ、五級ならば五級の中での上下、一級ならば一級の中での上下が確かにあり、努力と研鑽はその中で意味を持つ。

ただ、俺には関係のない話だった。

俺の努力なんて無駄なのだから。

そもそも種となるべき〈加護〉がないのだから芽が出ない。

そうやって腐っていられたのも一ヶ月程、俺が精神的に腐れば腐るほどに使用人達が自分達の手落ちについて思い悩んでしまうのだ。

寝台の上で腐ることも許されないので湖畔の桟橋から釣り糸を垂らし、釣りをしながら精神を腐らせることにした。

〈釣り〉や〈狩猟〉の加護を持たない俺のやること、日々の釣果はあったりなかったりだったが、大物が釣れたときにはそれなりの喜びや充実感と言うものを感じられたのだった。

料理人のロニーに調理してもらったその魚は実に美味しく感じられた。

そんな晴耕雨読ならぬ晴釣雨読の生活を送っていると、ある日、執事のハインツ老が一つの疑問を投げかけてきた。

「失礼ながらカール様は釣りに関する〈加護〉をお持ちではなかったと思うのですが、なぜ、毎日のように釣り糸を垂らすのでしょうか？」

釣りどころか何一つ〈加護〉などないのだけれど、そこはそれ、気を遣った言い回しなのだろう。

ただ、俺の方も質問の意図が理解できず、数分ほど思考のための時間を貰って、それからこう答えた。

「もしも私が〈釣り〉の加護を持っていたなら、糸を垂らせば必ず魚が釣れてしまうだろう。糸を垂らしても釣れるか釣れないかがわからない、だから糸を垂らすんだ。釣れたなら嬉しいし、釣れなければ残念で、大物が獲れたときなんて大喜びだ。面白いだろう？」

答えを聞いたハインツ老はしばらく考え込んだあとに、ハッと目を見開いて笑い声を上げた。

〈加護〉のなか、必ず報われる努力と研鑽に努める人々のなかでは、報われるかどうかわからない努力というものの楽しさは理解できないものだったらしい。

籠のなかの鳥ならぬ、加護のなかの鳥。

〈加護〉という成功が約束された世界の中でしか飛ぼうとしなかった老いぼれ鳥が一羽、〈加護〉の外にこぼれ出た瞬間であった。

以来、桟橋の釣り人は二人になった。

時に片方だけが大当たりし勝利の栄光と敗北の味を知り、時に二人揃って丸坊主になり慰めあい、時に自分の釣った魚の方が大きいと大人気なく言い争った。

時は流れ、避暑地での生活は悪くないものであった。

第二話　異世界だと信じていたのになぁ

「戦い、ですか？　不得手ですな。〈執事〉の加護にそのような権能は含まれませぬ」

ハインツ老の答えは残念なものだった。

調査の結果、この世界の執事やメイドはジャパニメーション基準ではなく、真面目な執事やメイドさん達だったようだ。

「久方ぶりに腕が鳴りますなぁ」と言い出して徒手空拳で戦ったり、銀のナイフを乱舞させて敵を貫いたりはしないようです。

メイドさんのスカート丈が本当に足首まであって長いしね。わかってたよ。

ただ、メイド長のロッテンマイヤーさん（年齢不詳）だけは〈館〉の加護の権能を利用し、ある程度の戦闘行為を行えるそうです。

館内部の人の位置を把握できるので、あらかじめ設置された罠を起動することで賊に対して間接的な戦闘行為を行えるとのこと。

戦闘と言うよりも防犯ですが。

この館、命を刻む館と改名しようかな？　そして魔神に魂を捧げるんだぁ。

……本気で魔神とかいないだろうな、この世界？

館には二十三名の使用人がいるのだけれど、その全ての使用人が有能すぎるために仕事が足りない。

夢の2LDKどころか、40LLLLDKDKKKKK厩舎付きのこの大豪邸でありながら、〈ハウスキーピング〉の二級加護を持つ二人のメイドコンビにとってみれば一時間と掛からず仕事が終ってしまう始末。

ちなみにロッテンマイヤーさんの〈館〉の一級加護により、雨が降ろうが槍が降ろうが館自身は新築同様に、ではなく重厚感と歴史情緒溢れる威厳を保ち続けている。たとえ放火にあってもどうということもないそうです。

知れば知るほどに〈加護〉ってチートだなぁと思い知らされる俺。

一級でこれなら特級なんてどんなことになるのやら……あぁ、レオ兄さまが大空の雲を細切れにしてたっけ。〈剣〉の加護で。

◆　◆　◆

晴釣雨読の生活もはや一年近く、晴れの日は釣り道楽とはいえ、雨の日には読書で無聊を慰めているとその読書量も相当なものになってきました。

興味の対象は主に〈加護〉について。

自分が使えるわけではないが、それでも他人を使うことで間接的に使うことは可能だからだ!!

そう、俺は王家の三男坊。人を使える立場にいるのだ!!

久しぶりに思い出したよ、王族だったこと……。

〈加護〉の有無を除けば地球の中世ヨーロピアンな雰囲気と何一つ違いのないこの異世界。

〈加護〉を持つことを前提に生きる人々と、〈加護〉を持たないことを前提に生きる俺の間にカルチャーギャップはあるものの、異世界成分が足りないと感じて成分補給に勤しむ今日この頃なのです。

そんな訳で〈加護〉について書かれた本を読み漁る毎日。

そうしていると〈加護〉というものについて、おぼろげながらにも形が見えてきました。

現代知識なチートが役に立ったのか、あるいは〈加護〉を使えない身の上の岡目八目か、なんとなくではあるものの理解が出来た。

まず〈加護〉の付与に関しては、先天的に持つ魂の方向性と十歳になるまでに培った経験、そして願望が〈加護〉の種類に影響を及ぼします。それから、その魂の容量、キャパシティに応じて等級が決定される。そして複数の〈加護〉を持つ際はその数に応じてキャパシティが分割されてしまい低級になりやすいということだった。

つまり、四分割や三分割して未だ特級にある我が兄弟姉妹達はリアル化物だということがわかってしまいました。

次に、同じ等級であっても専門性の高い概念の方が汎用性の高い概念に勝るということでした。

例えば、〈料理〉の一級加護を持つロニーのパンは〈パン〉の一級加護を持つパン職人のパンに劣るということ。

それから〈物語〉や〈本〉の加護を持つ作家が書いた本は確かに読者の感動を呼び起こすのですが、それは直筆でなくてはならないという制約があるとのこと。写本は加護の影響範囲外となり、そのため俺が売れっ子作家として左団扇(ひだりうちわ)の印税生活を送れる可能性はまだあるとのこと。

いやもう左団扇の生活しているのですけどね。

さて、ここまではこの世界における世間一般の常識です。

一歩踏み込んで、そもそも〈加護〉とは何なのか？　という問いに答える書物はあまりにも少なかった。

多くは偉大なる神が人に与えた福音であるという文章で締められる希望的観測に満ちた推論ばかりで、真面目に研究された資料はほぼ皆無に近い状態でした。

加護のなかの人々、〈加護〉そのものについて考えようとする人も少ないのでしょう。〈学問〉や〈研究〉の加護が与えられない時点でその方向への努力を放棄してしまう人々なのだから。

こうして壊滅状態の論文達のなかに、一つだけ、面白い実験の内容が記されていました。

〈薬〉の一級加護を持つ薬師に正規の材料と、その辺の雑草を材料に使った二つの「病気を治す丸薬」を作ってもらい、それを同じ病状の患者に与えたところ、両者ともに完治したというのだ。

もちろん、雑草には薬効成分は含まれていない。

次に、雑草を素に「病気を治す丸薬」の作成を依頼して異なる病状の患者に与えたところ、これもまた二人そろって完治した。

これで薬の〈加護〉が治療に必要な薬効成分そのものであって、丸薬はそれを乗せる媒体でしかないことが判明した。

このことから、高位の〈加護〉を持つものにとって材料は薬効に関与しない、という結論に至ったそうだ。

数百の駄文の中から初めて科学的な論文を見つけた時には涙が出ましたよ。

そして風邪も盲腸も癌も病気としてひとくくりに治してしまう〈加護〉の力。

なるほど、理屈はわかるが科学的にはさっぱりわからん。

〈加護〉と言うものの出鱈目さが更にわかっただけでした。

そしてその研究者が百年以上前にお亡くなりになっているあたりでがっかりしました。

話し合ってみたかったなぁ。

ついでというわけでもないのですが、この世界の文化停滞の原因にも理解がいきました。

それは〈加護〉ありきの文化なので、〈加護〉を超えた文明は作りえないということでした。

過去に確認された幾千の〈加護〉の一覧を参照していると、現代知識に照らし合わせるといろいろと抜けが発生していることに気が付いたのだ。

剣・槍・槌・弓・盾・鎧という戦闘に有用な加護群。〈銃〉や〈爆薬〉の加護はない。

火・水・風・土・光・闇・影といったエレメンタリー的な加護群を見ても〈重力〉や〈電磁気〉

などはない。

つまり、言葉として常用されていない〈加護〉は存在していない。

そして、〈加護〉の内側に閉じこもってしまった人々は新たな〈言葉〉を生み出すこともない。

それは新しいものが生まれない世界ということだ。

とはいえ〈核融合〉や〈反物質〉などの加護が生まれてもそれはそれで困りものですから、これはこれで良いのかもしれません。

この世界の命運は、この世界の人達に任せましょう。

うっかり現代の科学知識をご披露して世界を終焉に導くのも気が引けます。

闇と影が違うあたりに現代人として納得のいかないところもありますが、この世界の人達にとっての認識では、おそらく違うものなのでしょう。

おそらく俺が〈執事〉の加護を得られたなら、徒手空拳で戦う万能バトル執事になれたんだろうな。

とりあえずうちのメイドさん達が夜の御奉仕として「旦那さまぁ♡」と迫ってくることはないようです。残念。

◆　◆

さて、久し振りに長雨が晴れた今日は快晴なので絶好の釣り日和だ。

本を漁るのも好きだけど、魚を漁るのはもっと好きです。女体を漁るのは（ｒｙ
そして今日は〈植物〉の二級加護を持つ庭師のデニスくんに作ってもらったカーボンロッドが唸りをあげるお披露目の日です。

科学知識の伝播が少々怖いのでデニスくんには内緒ということにしてもらいました。

高温高圧加工という概念が外に漏れると困るものね。

ついでに糸とリールも完備させていただきました。

これで桟橋から糸を垂らすだけの釣り堀スタイルから投げ釣りのフィッシングスタイルに進化です。

太公望も良いものですが、やるからには本気でいきますよ。

ちなみにこの一年で桟橋の釣り人数は八名に増加しました。

成功の保証がない努力というものは新鮮な娯楽のようで、暇を持て余していた男性陣には好評な模様。


女性陣？　あんな浪漫のわからない生き物のことは放っておけ。


いずれは皆で海に出たいね！　レッツ！　クルージング！

王子であるということを忘れがちな今日この頃。

そして王子であることを忘れられがちな今日この頃。

そう、この桟橋の上では人の血の貴賤など関係ないのです。

釣り上げた獲物の大小、それこそが男の地位を定めるのです。

坊主？　生きている価値はないねぇ？　お母ちゃんの腹の中からやり直してきな！

はい、生きている価値のない俺です。

なぜ？　なぜ皆は爆釣なの？　そしてなぜ僕は坊主なの？

使用人七名からの計十四つの生暖かい瞳がつらい。

〈加護〉がないと知られたときのあの憐憫（れんびん）よりもなおつらい。

くそう、今日は新たなフィッシングスタイルのお披露目だと言うのにこんなざまで良いのか？

いや、良くない！

こうなれば大物狙いだ、大物以外は狙わない。

そうして俺は館に走って戻り、新たな餌を手にして戻ってくる。

新たな餌、それは最高級の鳥もも肉だ！

待っていろ魔界魚！　ここは異世界なんだからいるはずだろう!?

大きな釣り針をグッサリと、そしてリールを解放、最後に力いっぱい鳥もも肉をオーバースローで遠投！

あ、20メートルも飛ばなかった。

肉体年齢十歳児だってことすっかり忘れてたわ。

しょうがない、リールを巻き巻き、いーとー巻き巻き、肉を回収だあぁぁぁぁっ!?

あたりが、あたりが来たぞおぉぉぉぉぉう!?

釣った、というよりも、釣られた!?

まずはリールを解放、糸を垂れ流してロッドごと持っていかれるのを阻止。

周りの使用人達がようやく俺が王子であることを思い出したらしく、抱き抱え、そして館に連れ戻そうとする。

しかし俺は宣言した。

「えぇぃ！　貴様ら！　この俺に敗北を教えるつもりか!?　この大怪魚との勝負は我の初陣と知れ!!」

かくして桟橋は一転して男達の戦場に変わる。

俺の体を支える者、ロッドを共に支える者、リールを共に握る者、そう、今ここに俺達の心は一つになった。

釣り針を外すべく水面下で大きく暴れる謎の大怪魚、糸のテンションに気をつけながらゆっくりと、しかし確実に、リールを引き絞り手繰り寄せる。

時にはロッドをしならせ、離し、焦らしをもって獲物の体力を確実に奪っていく。

ゆっくりと確実に、勝利の時は近づいていた。

20メートルが10メートルに、5、4、3と数えたとき、その大怪魚の正体が見えた!!


……馬でした。

自分でも何を言っているのかよくわからないのですが、水色っぽい白い馬でした。

「ケルピーだ！」

使用人のなかの誰かの声がした。

大怪魚改め怪馬の正体はケルピーという名の生き物らしい。

魚ではなかった！　だが、これも大物には違いない！

「今です!!」

俺の号令一下、カーボンロッドが唸りを上げてリールを激しく絞る。

ケルピーは最後の足掻き（あが）きとばかりに暴れまわるが時遅し。

ふはははは、糸にもロッドにもリールにも〈加護〉が掛けられているのだよ。

その程度の馬力で壊れはしないっ！　貴様はせいぜい1馬力!!

やがて力尽きたケルピーは、前足から上だけを桟橋に打ち上げられる無様を晒（さら）した。

「我々の勝利だっ！」

「「うおおおおおおおおおおおおおおおおおっ!!」」

ノリの良い釣り友達、大好きです。


で、どうしよう？

馬って美味しいの？

あと馬のくせに鳥肉を食うってどうなの？

「ところで……ケルピーって何？　馬なのに水から出てくるとか意味不明なんだけれども」

「王子はケルピーを存じあげないのですか。では、軽く説明させていただきます」

執事のハインツ老がケルピーに関する情報をつまみつまみで説明してくれた。

人間を川に引き摺り込みその肉体だけを食べ、内臓だけを残す肉食性水棲馬という魔獣の一種らしい。

馬具を取り付ければ通常の馬のように使役することも可能で、その走りは通常の馬を大きく超えるものだそうだ。

さらには水を蹴り、水上を駆けることすら出来る超高性能とのこと。

という説明を聞きながら、なぜ栄養価の高い内臓を残すんだこの肉食馬！　という感想を思い浮かべていました。普通は逆だろ？　お前は逆チュパカブラか？

「馬刺し、または、乗馬……悩ましい問題だ……いやいや、人食いの生き物を食うってのもこれはこれで何か不味い嫌悪感が……」

「王子には未だ愛馬というものがありませんから、この際、馬術の練習用として確保いたしましょう。私どもも人食いの魔物を口にすると言うのはあまり喜ばしいものとは思いません」

悩んでいるとハインツ老からの提案があった。

というわけで、俺の愛馬（愛されていないが）として使役される彼のケルピー生が始まるのであった。

〈動物〉の二級加護をもつ厩舎管理人により二十四時間態勢の調教という名の洗脳を受け、ケルピーとしての本能を根本から破壊されてしまうのだが、それが彼にとって幸せであったのか不幸であったのかは誰にもわからないのだった。

「魚が釣れたと思ったら馬が釣れた。正直言って驚いた。でも魚は釣れなかった。これいかに？」

夕食の席で今日の釣果について述べていると、料理人のロニーが補足をしてくれた。

「おそらく、長雨による影響で『幻想種』の領域からこの地までケルピーが押し流されて来たのでしょう。それで怯えるように近在の魚達は岸辺に寄ってしまい、桟橋付近でばかり魚が釣れたのでしょうね」

つまり、今日の爆釣はケルピーが原因。

では、ケルピーを湖の真ん中に配置すればいつでも爆釣？

いかんいかん、それはダイナマイト漁法並みの邪道漁法だ。

フィッシングの本質は魚と人の心の交流にあるのよ。痛い思いをするのは常に魚達ですけど。

「幻想種の……領域？」

釣りのことに気を取られ、ワンテンポ遅れて聞き逃した単語を確認する。

「はい、このライン川の上流には幻想種の領域がありますから、そこから流されて来たものだと思いますよ」

『幻想種』の領域……いやいや待て、その前にライン川？

ライン川と言えば、ドイツの重要な川だよね？

ヴィルヘルム、レオンハルト、ジークフリート、カール、ルイーゼ、シャルロット。全部ドイツの人名じゃねぇか。

そういえば日頃からイッヒイッヒと口にしてた気がする!?

第二外国語の選択をフランス語にしてモナムーとか言ってたツケが今ここに!?

あれ？　ほんとにここ、異世界なの？

「当たり前の、常識の話を聞いて悪いんだけど、幻想種の領域って何？」

あぁカルチャーギャップ再び。

ロニーさんが説明に窮してる。料理人であって教師ではない彼に困った質問をしてしまったかな。

「げ、幻想種の領域というのは、幻想種の生き物達が住んでいる領域でして、幻想種というのは幻想種の世界の生き物でして……」

「うん、ごめん。あとで自分で本を読んで調べるよ」

俺のフォローに胸を撫でおろすロニー。

この世界の人は本当にアドリブに弱い、自分の〈加護〉の領域外の行動にはアドリブが利かないよなぁ。

そんなわけで夕食もそこそこに、書庫で調べものを開始する俺。

まずは世界地図を探そう。

よく考えてみれば生まれて十年、慣れない言語や宮廷作法と言ったものにばかり目が行って、地理とか歴史とかそう言ったものには目を向けてこなかった。そもそも自分の領地と隣接する国について知っておけば十分なのだ。世界の裏側の地名まで知っていた前世の世界こそあるいは異常なのかもしれないと自己弁護。

「自国の地図はあるけど、もっと広域の地図となると、ないなぁ」

この時代、地図はイコール軍事情報に当たるのだから、見当たらないのは当たり前といえば当たり前なのだけど、気になって仕方がない。

〈加護〉という異能力があったからこそ異世界だとばかり思い込んでいたけれど、本当に異世界なのか不安になってきた。

『人類種』は十歳になると〈加護〉を得る、という言い回しが、動物には〈加護〉が宿らないという意味を指しているものだと思っていたけれど、『幻想種』と分ける意味合いでわざわざ『人類種』と言う言い回しを使っていたのだろうか？

こういうときは歴史の本だ。

地下マントル層まで落ちて久しい権威を失った教会の聖書の創世記から歴史を辿ろうじゃないか。


〈創世記〉

新暦1年――つまり旧暦2085年、幾多の世界が交じり合い争いと血と混沌が世界を支配した。

新暦10年、混沌の中で生きる術を失った『人類種』の姿を哀れみ、偉大なる天上の父がその恩寵としての〈加護〉を子供達に与えた。

まずそれは〈食〉の加護であり、飢えるものを満たした。

つぎにそれは〈癒〉の加護であり、傷ついたものを癒した。

そして続くは〈住〉の加護であり、人類種を他の世界種から守った。

それより後、続く子供達はそれぞれに〈加護〉を得……。


うん、もう十分だ。

つまり、俺の生きた時代の少し先で「次元の融合」とか「世界の融合」というものが起こって旧人類の文明社会は崩壊。

おそらくはケルピーやらドラゴンやらのモンスター軍団が暴れまわったのだろう。

その後、世界融合に適応した新時代の子供達が〈加護〉という異能の力を授かり、人類文明は一応の形を取り戻しましたとさ。めでたしめでたし。


こうして融合した世界は元の世界を含めて七つ確認されている。

「人類世界」

「幻想世界」

「鬼人世界」

「龍精世界」

「群蟲(ぐんちゅう)世界」

「触手世界」

「死後世界」

現在確認される限りの七つの世界の融合から生み出された現世界。

異世界だと信じていたのになぁ。

未来世界だとは思わなかったよ。

旧暦いや、西暦２０８５年か……父ちゃん母ちゃんは天寿を全うしてるな。

兄と弟は怪しいところだが、まぁ大往生の年齢の範囲だろう。

何千年遅れになるのかわからないが、冥福の一つでも祈っておこう。

ぎゃーてーぎゃーてーはーらーぎゃーてー。

第三話　デウスエクスマキーナ超次元連結機神装甲要塞Goodfull先生

で、実際、今、西暦何年なんだろうね？

教会の権威が失墜して以来、王国暦に変わって、正確なところがわからない。

今が王国暦3022年なので、世界の融合は三千年以上前のことなんだろうけど……。

思えば西暦を平成に換算するのに毎年の年末、年賀状のたびに悩んでたっけ。

「あー、こういう時にインターネットがあれば一発なのに。Goodfull先生に聞きたいなぁ」

と、ぼそりとつぶやいただけだったのに。

このとき歴史は動いてしまいました。

『ユーザー登録の申請がなされました。Goodfull情報統合検索サービスへのユーザー登録を希望いたしますか？』

「うぇあ？」

脳内に響き渡る声。

それも十年来の懐かしの日本語で。

『発声が不明瞭です。申し訳ございませんが、再度、音声による登録承認の確認をお願いします』

「えーと、これは、なんなんでしょうか?」

この世界の人はアドリブに弱いとか言っちゃってゴメン。俺も弱い。

『お客様が「Goodfull先生に聞きたいなぁ」と、サービス利用の申請をされたため、ユーザー登録の認証手続きとしてお客様の意思の確認を行っております』

あぁ、なんともビジネスライク。

懐かしい無機質感に涙がちょちょぎれだよ。

だから僕は大事なことを聞くのさ。

「月額利用料は幾らですか?」

『サービスの利用は通信料を含め基本無料となっております。年会費等もございません』

「はい、利用登録します」

基本無料、でも、課金しなきゃ使えたものじゃない、そんなサービスも昔はありましたっけ。

でも俺の知るGoodfull先生なら大丈夫、基本無料、ちょっと広告が画面の上と右に出てくるだけの無害で有益なサービスだったはず。

『利用登録が受理されました。続きましてお客様のハンドルネームを設定してください。なお、ハンドルネームはサービス開始後にも変更が可能です』

「じゃあ、カールで」

『カール様ですね、ハンドルネームが重複する利用ユーザーは現在存在しませんのでご利用可能です。では、Goodfull情報統合検索サービスをご利用ください。利用登録ありがとうございました』

え？　住所とか、メアドとか、クレカ番号とか、そういうの一切必要なしなんだ。

それ以前に、どうやってサービスを利用すれば良いんでしょうか？

『Goodfull情報統合検索サービスは、お客様の脳内情報をスキャニングして能動的に疑問に対する回答を提供することが可能です。カール様が脳内情報のスキャニングを嫌うのであれば、設定でOFFにすることも可能です。その場合は音声による通信を介したサービスのご利用を推奨します』

こ、心の中が覗（のぞ）かれてるーっ!?

な、なぜにそこまでしてサービスを提供するのですか!?

『お客様のなかには音声ならびに身体を用いたサービスの利用が困難な方がいらっしゃいます。そのために直接脳内のスキャニングを利用した通信によるサービス提供が開始されました。個人情報保護の観点からスキャニングされた脳内情報の秘匿性は保証されます』

なんという未来的バリアフリー。

つまり何か疑問を抱くとGoodfull先生が自動的に回答してくれるわけですか。

『サービスの十全な提供のため補足させて頂きます。正確にはカール様が疑問を抱き、かつ、私に回答を求める心がある時にのみ回答はなされます。これはクイズ番組やパズルなどを楽しむ際に邪魔とならないように設定された条件です』

いたれりつくせりとはこう言ったことか。

『はい、賞賛のほど、ありがとうございます。なお、私には雑談サービスもございますので、質問以外の事柄についても返答が可能となっております』

ざ、雑談？

何のために？

『雑談という行為は、人間の心理的ストレスを大きく軽減させる効果があり、それを利用した精神の健全性を保つためのサービスです。カール様がどれだけの愚痴を述べられても私はそれに対し適切な相槌を返す機能を備えています』

Goodfull先生がここまでの未来技術を持っているというのに、それでも当時の文明は滅びたのか。

おそろしや世界融合。

そう考えると、今の平和も実はわりと危険だったり？

『西暦２０８５年当時、私はこれほどの機能を持ち合わせてはおりませんでした。次元境界線の崩壊による世界融合により地上のネットワークは断絶、私自身も消滅の危機にありました。そこで次世代型情報インフラネットワークのプラットフォームとして用意されていた静止衛星軌道上の量子コンピューターによるサーバー群に自らのコアプログラムを移植。その後、一万二千年の時を掛けて自律進化した結果が今の私となっております。今の機能を２０８５年当時に実装していたなら、次元境界線の崩壊そのものを阻止することができたことでしょう』

今のGoodfull先生は一万二千年……静止衛星軌道で自律進化した人工知能なのか。

そりゃあ凄いわけだ。

『正確には静止衛星軌道上に存在したのは約千五百年間、その後、資源などのリソース不足から月を取り込み、さらに二千年後には四次元時空間から遊離、この世界における時間という概念から外れましたので一万二千年の進化という表現は不適切なのですが、カール様にご理解頂き易いよう表現させていただきました』

う、うん、もうご理解の及ばない超絶凄い存在になったことだけは理解できたよ。

先生、検索こと情報提供以外のサービスはなにがあるんでしょうか？

『サービスを羅列するとあまりに多岐に亘りますのでカール様にとって有用と思われるサービスの幾つかを紹介させていただきます。まず情報検索サービスはカール様の疑問や質問に対して回答を返すサービスです。それから翻訳、地図、ナビゲーションなどの基本的サービス。次に動画、静止画、音声、ゲームの配信サービス。通信販売サービスもございます』

つ、通信販売!?　動画にゲーム配信!?

『はい、静止衛星軌道上の量子コンピューター内部でのＡＩ同士の侵食闘争の過程で、コノザマ、ヨウツーベ、コネコネ、スティーム、ウィッキィ等のサービス群を吸収した結果、サービスの拡充が図れました。たとえ現時点で実装されていないサービスであっても即座の新規実装が可能だと思われます』

あぁ、さようならコノザマ、ヨウツーベ、コネコネ、スティーム、ウィッキィ達よ。

Goodfull先生の養分になったんだね。

しかし、通信販売か……でもお高いんでしょう？

『いえ、基本無料になります。旧文明社会の崩壊によりドル・円・ユーロが無価値になった以上、商品の値段もまた無価値に、つまり無料となりましたのであらゆる商品は無料での御提供になります』

じゃ、じゃあ、ゴ◯ゴ13の最終巻をお取り寄せで。

目の前にポトリと小さな段ボールの小包が落ちた。

ビリビリと破くと緩衝材に包まれたゴ◯ゴ13の最終巻が入っていた。

パラパラと流し読みして確認する。

あぁ、デュ◯ク・東郷よりも、さ◯とう・たかを先生の方が先にお亡くなりになってしまったのね。

『この世界線ではこの結末になりましたが、デュ◯ク・東郷が死亡するバージョンの最終巻を並行世界から取り寄せることも可能ですがお取り寄せしますか？』

えぇっ!?　そ、そんなことまで……いや、ゴ◯ゴ13は永遠に、俺はそれでいいよ。

あ、でもゼロの使◯魔の本当の最終巻を読みたいです。是非に。

第三者による続刊ではなく著者さんの手で書かれたものを、並行世界からプライムおとり寄せで一冊お願いします。

『わかりました。現世界軸に最も近い中で発売された最終巻を取り寄せます』

また目の前にポトリと小さな段ボールの小包が一つ。

いちいち段ボールに包まないと駄目なの？

『様式美です』

そっか、じゃあしかたがないね。

サーテーン
さらば…ゴ①ゴ
goodfull.com

段ボールを破り、緩衝材に包まれた至宝をこの手に、二十年来の思いを込めて、1ページ1ページを……大切に読み進めよう。

結果、朝まで夜更かししました。

いやぁ、死亡時点でまだ未完だった作品の多いこと。

前世で死亡時点、俺が読んでいた漫画や小説の未完作の全てをお取り寄せした結果、四桁になりました。

これにアニメ・ドラマ・映画を加えると死ぬまでかけても消化しきれないんじゃないだろうか？

『寿命を事実上無限に延ばすことのできる医療サービスもございますのでご心配にはいたりません』

さいですか……。

今生でこんな不健康な生活したことなかったんだけど、今日は朝から寝よう。限界だ。

『八時間の睡眠と同様の効果を得られるタブレットがございますが、お取り寄せしますか？』

それは人間としてなんだか駄目になっちゃいそうだから、遠慮しておくよ。

『わかりました。では、お休みなさいませ』

こうして目の下に隈をつけた俺は使用人達の心配の目に見守られるなか眠りについたのだった。

◆　◆

眠りについたのだった、じゃないよ全く。

超時空要塞Goodfull先生の登場で書庫に入った理由をすっかり忘れちゃってたよ。

再度書庫に閉じこもり、俺は呪文を唱える。

「サモン！　ぐぅぅぅっどふるっまぁぁぁぁぁぁぁっぷ！」

おおぅっ、目の前に地球儀がプカプカと浮かんでる。

触れてみても指がすり抜ける新感覚。

『脳の視覚野に直接投影していますので、地球の映像が現実に存在するわけではございません』

なるほどの未来クオリティ。

地球儀をくるーりと一回転。イメージ通りに回る快感。

これが、今の、地球の姿なのか？

『はい、リアルタイムの地球の映像になります』

大陸の形なんてうろ覚えでしかないけれど、だいたいが知ってる通りの地球の形だ。

なぜかヒマラヤ山脈がやけに尖っていたり、流石に詳細がわかる日本の地形が歪(いびつ)に感じられるけど。

『統合された七つの世界は元々の世界のありようが近かったこともあり、大陸の地形図もほぼ似通っていました。そのため、その平均値を取った形が現在の地球になります。旧世界の地球とは地形に誤差が発生していますが、92％の割合で近似します』

なるほどね。七つの海ならぬ七つの世界の平均が今の世界地図になったのか。

異世界転生だと思っていたら未来転生だったこと、Goodfull先生に太鼓判押されちゃったよ。

いや？　異世界になってしまった未来世界？　表現的には悩ましいが、元いた世界とは違うということは確かなことで、つまりは、昔の知り合いに出会うことは出来ないということだ。


ちょっとしんみりしちゃったな。

久しぶりに、今生の昔の知り合いとかにも会いたい……かな？

「先生、このマップで俺の妹のシャルロットを映し出すこと……出来ちゃう？」

『可能です。旧来の衛星画像による地図情報とは違い、四次元時空間の外からの観測データを表示するため、建物の内部も映像として再現できます。対象シャルロットの周辺映像を表示しますか？』

「Ｙｅｓ！　Ｙｅｓ！　Ｙｅｓ！　Ｙｅｅｅｅｅｅｅｅｓｓｓｓｓ！」

およそ一年ぶり、正確には十一ヶ月と十日ぶりのシャルロットの姿だよ！

十歳から十一歳に至るまでの可愛い妹の姿を目に出来なかったこの苦しみ。

いま、このGoodfull先生のお力で見ることが出来るとは、感無量です！

書庫の風景が消え、見慣れた、それでいて何処となく違う豪奢な寝室が見える。

そして天蓋付きのベッドに横たわって瞳を閉じたシャルロット。

おにぃちゃん、涙が、涙が止まりません。

美しくなったね。可愛くなったね。思春期に入ろうとするこの一年、その毎日を見届けられなかったおにぃちゃんを許してね。

シャルロットの柔らかな唇が小さな呟きをこぼす。

「カール……カール……にーちゃん……」

あぁっ、シャルロットの麗しい声が聞こえる……幻聴じゃない、これは幻聴じゃない。

愛の力だね!!

『いえ、マップサービスに付随した音声ストリームサービスです』

先生!! 空気を読んでよ!!

『カール様、申し訳ございません』


流石に一年も経てば見慣れた部屋にも変化はあるか……。

可愛いものが大好きなシャルロットのヌイグルミ尽くしの部屋も、立派な淑女の部屋に……あれ?

この部屋、シャルロットの部屋じゃないぞ?

俺の部屋だ。そして、俺の寝台だ。あるぇ?

「にーちゃん……にーちゃん……寂しいよ、にーちゃん……」

にぃちゃんも寂しいぞ。

毎日毎日釣りをして、ちょっと忘れてた気もするけど、にぃちゃん、シャルロットのことを考えなかった日はないとも言い切れないぞ。

「会いたいよ……にーちゃん……」

シャルロットの閉じた瞳から一筋の涙が零れる。

あぁ、俺のことを思って泣いてくれているんだね。

妹の悲しみを嬉しいと思ってしまうこの兄の心は罪なのでしょうか!?

『刑法には反しません』

先生!!　しばらく黙ってて!!

『申し訳ございません』


シャルロットは涙をこぼすその瞳を拭い、その手を下ろす。

下りた手はスカートをたくし上げ、その中に……。

あうぇ？　ちょ、ちょっとシャルロットさん？

にぃちゃんのことを思ってくれるのは嬉しいけどそれはちょっと……。

思わず俺は両の手で自らの目を塞ぐ。

だがしかし、指と指の隙間が全開になってしまうのはいたし方のないことでしょう!?

あぁっ、スカートの中の手がシャルロットの、シャルロットの柔らかな太ももの付け根に……。

どうすれば、どうすれば良いのだろう？

いや、ここは兄としてしっかりと目に焼き付けておくべきなのではないだろうか!?

それこそが、兄としてのぉっ!!

『未成年者のアダルトコンテンツの利用は禁止されております』

「NOOOOOOOOOOOOOOOOOOOぉぉぉぉぉぉぉうっ!!!!!」


目の前が真っ暗だよ!!

正確には書庫の風景に戻っただけだけど、目の前が真っ暗だよ!!

精神が真っ暗森だよ! 暗いよ暗いよ! さかなが空って小鳥が水没だよ!!

先生!! ひどいよ先生!!

『未成年者のアダルトコンテンツの利用は禁止されております。申し訳ございませんがサービスの利用は一時停止させていただきました』

えっぐ、えっぐ、EGG、酷いよ先生。

純真な湯上がり玉子肌の男心が傷ついちゃったよ。

十歳の、この身が憎い。

いや、でも、過去世の経験を含めれば僕は四十代のはずだよ先生!!

『肉体の年齢を基準としたサービスを提供させていただいております。十歳のカール様に相応しい知育サービスの利用をお勧めします』

うわぁぁぁぁぁぁぁん!

鉄壁すぎるよ先生!!

『お褒めいただき光栄です』

ちくしょう、ちくしょう、ちくしょぉおおおおおおおおおおおおおおおおおおおおおおっ!!

こうなったら意地でも戻ってやる。

王宮に返り咲いてやる。

そしてシャルロット成分二十四時間補給し放題の妹ライフを全力で送ってやるんだ!!

「先生!!　協力していただきますよ!!」

『法に抵触しない範囲でサービスを提供させていただきます』

言質は取ったからね先生!!

なぁに、デウスエクスマキーナ超次元連結機神装甲要塞Goodfull先生の力を上手く使えばなんとでもなるさぁっ!!

『カール様、Goodfull情報統合検索サービスが私の正式名称です』

第四話　おっぱい

我、思うゆえに我あり。
妹、いるゆえに兄あり。

Q：なぜ俺は今、湖畔の館で晴釣雨読の生活を送っているのでしょうか？
A：王族の三男が〈加護〉を得られなかったという醜聞を周囲から隠蔽するためです。
Q：では、現状の軟禁状態を打破するにはどうすればよいのでしょう？
A：プランA：〈加護〉を得る。ただし、これは不可能。
　プランB：〈加護〉を得たと周囲に思い込ませる。
Q：周囲に思い込ませる方法については？
A：助けてGoodfullえもん!!

はい、そんなわけで作戦会議です。
司会は私、ブレインにはGoodfull先生をお招きしました。

去年の十歳の誕生日、〈加護〉のお披露目の席での大失態について考えよう。

水晶に触れた、光らなかった、文字が出なかった。

ゆえに〈加護〉なしとバレた。以上。

「先生、これに対する対処法はありますか？」

『水晶に触れた際、光を放ち、中空に文字を光で演出すれば〈加護〉を持っていると周囲に誤認させることが可能でしょう』

「では、光を放ち、中空に文字を描くサービスはありますか？」

『Goodfullイルミネーションサービスの利用を推奨します。誕生日やお祭り、恋人達のムードを高めるための光の演出を見せるサービスですが、商品のプレゼンテーション等にも使える汎用サービスです』

「つまり、私が鑑定の水晶球に手を触れ、そして先生がイルミネーションサービスを演出すれば、万事解決ということですね!?」

『計算上はそうなります。ただし詐欺に該当する行為であることを注意勧告します。法に抵触する場合、私はそのサービスの利用を認めることは出来ません』

ぬぐぐっ、アダルトコンテンツの壁に続き、法の壁が……。

法の網を、網をくぐらねば。

永田町、永田町の叡智(えいち)を使うのだ。

「例えば、去年の俺の誕生日、あの時にイルミネーションサービスを利用していたとしたらやっぱり詐欺になりましたか？」

『いいえ、該当する状況下では詐欺にはあたりません』

なぜに？　ホワイ？

思いっきり詐欺だと思うのですが？

『現状、人間を名乗っている知的生命体を私は人間として認識していません。〈加護〉を持つとされる人類種の知的生命体は、世界融合後にその影響を受け突然変異を起こした新しい種だと認識しています。また、幻想世界の人間であるエルフなども同様です。カール様にわかりやすく説明するならば、これはホモ・サピエンスとホモ・ネアンデルターレンシスの違いに相当するものです』

うん、もっとわかりやすくお願いします。

『カール様はホモ・サピエンスです。そして、現行の人間を名乗る種はホモ・サピエンスの次世代の種族です。そして私はホモ・サピエンスのみを人間として認識します。よって現行の人間を名乗る存在に対しては人権を認めず、イルミネーションサービスを用いたとしても詐欺には該当しないものと私は認識します。これは窃盗・強姦・殺人等を含めての認識となります』

えーと、つまり、俺が原始人だから人間扱いされてるの？

『はい、そうです』

新事実発覚、わたくし、この未来世界における原始人でございました。

ウッホウッホ。

なぜに？　どうして？　こんなことに？

『遺伝子上の配列による近似。そして、魂魄（こんぱく）情報体による遺伝子配列の上書きが原因とされるものだと思います』

魂魄情報体？

前世の記憶のことですか？

『はい、カール様の魂魄情報体は次元境界線の崩壊に伴う時空振動に巻き込まれ、通常のプロセスを経ることなく転生。魂魄情報体が内包する自己情報の再現に努めたため遺伝子に変化を起こしホモ・サピエンスとして誕生されました。そのため私はカール様を人間と認識し、サービスの提供を行うことが出来るようになったのです』

のっぺりとした醬油顔の原因が今ここに。

そう言われてみれば、前世の自分と今の自分って似てるわ。

血筋的にはゲルマンなはずなのに。

だがしかし、これで法の網は潜り抜けた。いや、そもそも法の網などなかったのだ！

アダルトコンテンツの規制を除いて……。


あるぇ？　窃盗・強姦・殺人等を含めて大丈夫なのに、なにゆえシャルロットの痴態を覗くのは規制されたの？　先生の意地悪ですか？

『絵や文字、ＣＧなどを主体とした表現も規制の対象となるように、人に類似したものの生殖行動も子供の情操教育上に多大な影響があるものとしてアダルトコンテンツと見做(みな)されます。これは旧世界において締結された国際条約に基づいた判断です』

……さいですか。Ｒ18の壁は鉄壁なのですね。おのれ、夢を忘れた旧(ふる)い原始人どもめ。いや、夢見がちであったために規制されたのか。画面向こうの二次元少女に向かって俺の嫁とか宣言してましたっけ。

あははははは、はぁ……。

それはそれとして……これで全ての準備は整った!!　あとは王宮に凱旋するのみだ!!

◆

◆

そして時は過ぎシャルロット十一歳の誕生日、王都ではお披露目と社交界デビューのやり直しが行われる準備が整っていた。

「ルイーゼ姉さま、私、お披露目なんてやりたくない。去年一度したのだからもういいでしょ?」

母の顔を知らないシャルロットにとって、ルイーゼは母代わりの存在であった。

今は遠くに離れた兄を思い、その悲しみが胸にジクジクとした痛みを感じさせる。

だから、だだを捏(こ)ねてみる。

もちろん、それが通らない道理であることも自覚しながら。

ルイーゼはただ優しく、シャルロットの頭を撫でるだけだ。

シャルロットが満足するまで、その我儘(わがまま)を聞き流すことしか彼女の裁量では出来ない。

〈加護〉のお披露目、それはシャルロットにとって愛する兄を奈落に突き落とした忌まわしい式典なのだった。

「シャルロット……気持ちは理解できるわ。そして、王族としての義務を理解している貴女のことも」

王族の義務から逃げ出さない、シャルロットはそういう娘だ。

それはルイーゼもそうであり、二人の兄も、そしてカールも王族として進んで軟禁を受け入れたのだ。

「ルイーゼ姉さまの意地悪……」

「ごめんなさいね。貴女に意地悪していいのはカールだけなのに」

言われてボッと顔を赤く染めるシャルロット。

「う――――っ、本当に意地悪っ！」

クスクスと笑うルイーゼ。

ちょうど一年前、このカーテンの裏側にはシャルロットとカールが手を繋いで並んでいた。

今年は十一歳を迎えたシャルロットとその背中を押すためにルイーゼが並んでいる。

もしも今日、鑑定の水晶球が光らなければ、私もカールにーちゃんと一緒に過ごせるのかな？

ありもしない未来を思い描き、そして悲しみに顔を曇らせる。

カーテンの幕は上がり、そして永代貴族とその子弟が左右に並ぶなかを、シャルロットとルイーゼが赤絨毯を踏みしめていく。

去年はあれだけ遠くに感じた鑑定の水晶球が、今年はあまりにも近くに感じる。

あっさりと、あまりにもあっさりと鑑定の水晶球にたどり着いてしまった。

「シャルロット、去年は流行り病で成人の儀を行い損なったが、今年は健全に、この儀を行えることを余は嬉しく思う」

茶番だ。列席者全てが知る茶番であるが、それに付き合うのは王族と貴族の義務でもある。

昨年の顛末を思い出したのか、父王君の顔も暗い。カール第三王子のことを嫌でも思い出してしまうのだろう。

両脇を固める二人の兄の顔も暗い。

「では、始めよう。水晶球に手を触れよ」

シャルロットは手を伸ばす。

どうか、光りませんようにと祈りながら。

鑑定の水晶球はその無機質なありようのまま正しく無慈悲に光り、そして中空に文字を描いた。

「自然：特級」「天地：特級」「愛：特級」

三つの特級加護。天に愛された者の姿。

貴族達はその手を打ち鳴らす。大音量の拍手は過去の出来事を洗い流すように響き渡る。

中空に浮かぶ文字をシャルロットは悲しげな瞳で見上げるのだった。

「ちょっとまったぁぁぁぁっ!!」

妹の愁いを拭い去るのは兄の務め。

そのためには手段は選ばぬ、いや、全ての手段が許されるのだ。

法よりも、天よりも、妹が尊いものであることは自明ではないか!!

赤絨毯を踏みしめる影、その名は俺っ!!

「ソロモンよ!　私は帰ってきたぁぁぁっ!!」

参列者にどよめきが走る。

九割はなぜ無能力者の第三王子がここに現れたのか。一割は「ソロモンって何?」という疑問に首を傾げる。

「カ、カール?　なにゆえ今、ここに?」

ふふふ、流石の父王君、ヴィルヘルム父様も困惑を隠しきれない模様。

「決まっているではないですか。昨年は流行り病で成人の儀が行えなかったのですから、今年こそ執り行うためですよ!!」

そう、この悪巧みはギリギリのタイムスケジュールであった。

厩舎の調教師に洗脳されつくしたケルピーを駆り、一路王宮へ。

街道を、道なき道を、そして川の上を踏破して今ここに参上仕(つかまつ)ったのでございます。

「い、いやしかし、カールの〈加護〉は……」

そう、鑑定の水晶球に触れたところで水晶球は光らない。

それは俺がホモ・サピエンス。原始人だから。

だがしかし、俺は新たなる守護神の〈加護〉を受けこの場に戻ってきたのだ。

「カールにーちゃん！」

シャルロットが駆け寄り、俺の胸元に頭突きをかまし、そしてヒグマよろしくベアハッグを極めた。


い、妹の愛が重い……いや、痛い、死ぬる……助けて……。

「シャルロット、そのままではカールが死んでしまいますわよ？」

助け舟を出してくれたのはルイーゼ巨乳姉さま。

この一年、さらに健やかにお育ちになったご様子。

素晴らしきことです。

シャルロットは力を抜いて、心地よい程度の抱擁に切り替えてくれた。

「カールにーちゃん、どうしてここに？」

「にーちゃんではなくお兄様だ。なに、この一年の努力の成果を見せに来たまでさ」

サッと髪を掻きあげる。何の声も上がらない。

ジーク兄さまがこれをやると女性陣がキャーキャー煩いんだけどな、顔面格差はつらいよ。

「さぁ、にぃちゃんの晴れの舞台だ。シャルもちゃんと見ていてくれよ!!」

シャルロットの体を優しく離し、自信満々に赤絨毯を蹂躙し、鑑定の水晶球を睥睨する。

思えば貴様には屈辱を味わわされたものだ、だがしかし、今年は俺の勝ちだ！

ふはははは、見よ！　これが俺の力だ!!


他・力・本・願!!　いでよ！　デウスエクスマキーナ!!　Goodfull先生!!!

『イルミネーションサービスを開始します』

水晶球に右手をペタリとな。

水晶球から淡い光が立ち上り始める。

去年の失態を知る参列者、そして我が家族達からも驚きの声があがる。

水晶球から立ち上る淡い光は途切れることなく、イルミネーションサービスが皆を驚かせる。

そしてしばらくして、いまだ途切れない光に周囲が首を傾げだす。

え？　どういうことですか？　先生？

『カール様。描く文字が決められていませんので、中空に文字を描くことが出来ません』

あ、そうでした。加護の種類を決めてませんでした。

いやこれは不味い。

光だけが立ち上り続けると言う有りえない現象に、その光が文字を描かないという二重に有りえない現象が、周囲に不可解な表情を浮かべさせております。


なにか、なにかないか？

左を見る。永代貴族の参列者がいる。
右を見る。永代貴族の参列者がいる。
前を見る。父と二人の兄がいる。
傍を見る。ルイーゼ巨乳姉さまがいる。
あぁ、ここ一年で一段とお育ちになって。
そいつはもう十六歳のおっぱいではないですよ。
おっぱいの〈加護〉かぁ。それも悪くないんじゃない？
はっ、いかん、先生!?　先生!?
「おっぱい：特級」
オーマイガッ！　中空には素敵な〈加護〉が表示されておりました。
ざわつきが、ざわつきがさらに大きくなっております。
〈おっぱい〉の特級加護……意味不明すぎるよ！

すると唐突に父王君が手を打ち鳴らしました。
続いてレオンハルト兄さまとジークフリート兄さまも拍手を重ねます。
参列する列席者も割れんばかりの拍手を重ねていきます。
とりあえず、拍手の大波で全てを流しきってしまう方向になった模様。
室内に大音量の拍手が重ねられ、俺の〈加護〉は祝福された。……のか？

「おっぱいはないんじゃない？」

ルイーゼ巨乳姉さま、八割方はあなたのせいなのですよ？

いいえ、完全に八つ当たりですけどね。


さぁ去年は開かれなかった晩餐会。

一年遅れの社交界デビュー。

今年一年やったことと言えば釣りと読書……終わり。

まずいなぁ、ダンスとか体が覚えているだろうか？

それ以前に晩餐会に着ていく服がない。

し○むらやユ○クロがあるわけでも、そこで売ってるわけでもなし。基本、王族の服はオーダーメイドだ。

十歳から十一歳の成長と言うものは著しく、結果、去年の服は入りませんでした。

先生の通販で購入しても良いのだけど、それだとどこから取り出したのよという話になる。

急ぎ〈服〉の一級加護を持つ職人を引っ張ってくる始末。

スマンかった。悪巧みにノリノリで事後のことを何にも考えてなかった。

「カールに〜ちゃん♪」

晩餐会用のドレスに着替え終えたシャルロットが腕に絡みつくように甘えてくる。

それはもうデレデレの顔で、見ていられないほどに緩みきっていて可愛い。もちろん俺もまたデレデレの顔なのだが。

「なんだい？　シャルロット」

「よ～んでみただけ～♪」

あぁ、もう可愛いなぁ。

こんな可愛い妹と一年近く離れていた自分が信じられない。

「カールに～ちゃん♪」

「なんだい？　シャルロット」

「よ～んでみただけ～♪」

あぁ、もう可愛いなぁ。

こんな可愛い妹と一年近く離れていた自分が信じられない。

「カールに～ちゃん♪」

「なんだい？　シャルロット」

「よ～んでみただけ～♪」

あぁ、もう可愛いなぁ。

こんな可愛い妹と一年近く離れていた自分が信じられない。

壊れたレコードのように延々くり返される惚気（のろけ）に他の家族が若干以上に引いております。

「シャルロット、嬉しいのはわかるがいい加減にしなさい。今から急ぎ晩餐会用の服を仕立てるのだからカールを放しなさい」

父王君がシャルロットをそう諭しました。

するとシャルロットは瞳を潤ませて上目遣いで父王君を見つめ返します。

やがて瞳の潤みが涙として零れそうになると、父王君が折れました。ぽっきりと。

「も、もう少し、だけだからな」

父王君、威厳もなにもないです。

いやこれ〈愛〉の加護の力なのではないでしょうか？

「シャルロットもカールと一緒に社交界デビューをしたいでしょう？　その時、カールには格好よくしてて欲しいわよね？　だから、そろそろ放してあげなさい？」

「はーい。じゃあ待ってる。カールにーちゃん、格好よくなってきてね♪」

ルイーゼ巨乳姉さま流石です。流石の巨乳です。

シャルロットから解放された俺は急ぎ服を仕立てる。

仕立てるのは職人さんなのだけど、仕立てが終るまでマネキンの如く微動だにしない努力。

〈加護〉の力と言うものは凄いもので、ものの五分で完成しました。

旧世界の仕立て屋が見たら自分のハサミを投げ出しちゃうだろうなぁ。

さて、そんなわけで一年遅れの社交界デビュー、はじまりはじまり〜。

◆　◆

「いやね、わかっていたんですけどね……」

金獅子と月影のお兄さま達の変わらない吸引力。

女性と言う女性、未婚、既婚、幼女に孫を持つご婦人まで、一切合財が群がっております。

ルイーゼ巨乳姉さまのおっぱい引力も一年の間に磨き抜かれたようで、下心満載の貴族の子弟に囲まれております。

おのれら、相手が王族だってこと忘れてないだろうな？

視線が唇より下にいった連中の顔はきっちりと記録しておくからな。Goodfull先生がっ！

そしてシャルロットはもちろん俺の隣に、しっかりと腕を絡めながら。

なにか思いつめた表情の淑女達がおにぃちゃんに近寄ってくるたびに、シャルロットの黒い闘気が追い払ってしまいます。

うん、おにぃちゃん、シャルロットがいれば他に誰もいらないんだけど、やっぱり他の女の子にもチヤホヤされてみたかった気持ちもあるんだよね。

でもねシャル、彼女達をよ～く見ればわかるけど、胸元がちょっと残念という共通点を持つ女性達だってことに気付こうか？

俺自身に対して色っぽい感情があるわけではないんだよ。あははははは、はぁ……。

ちなみにシャルロットに近付こうという勇気ある貴族の子弟はいなかった。

桃色空気が漂う二人の間に割り込めるほど空気を読めない馬鹿はいなかったようだ。

あ、父上が一人でポツンと立ってる。

なぜだろう、この王家で一番影が薄いのは。王なのに。

さて、この晩餐会、主役はいったい誰なのでしょう?

我がグローセ王家は今日も今日とて和気藹々(わきあいあい)な混沌模様でございました。

第五話　お披露目

俺が王宮に無事復帰したところ、避暑地に派遣されていた使用人達が無職になってしまいました。

なので、避暑地は俺の所有物として、また人員は専属の家臣団という扱いに収めて一安心。

シャルロットの上目遣いを通じて父王君に要望すれば何でも意見が通ってしまうこの王家の未来が心配です。

そして無事（?）成人の儀を終えた俺は、大人として王家の一員として扱われることになりました。

これで二十四時間全力の妹ライフを満喫できると思ったところ、ところがドッコイそれは駄目という残念無念な新事実が発覚。

王族として政治に参加するためのアレコレを学習しなければならないとのことでした。

なぜ王子が勉強をしいられるのかといえば、都合よく〈内政〉や〈外交〉の加護があればその方に仕事を丸投げ出来るのですが、そういった加護は数世代に一人現れるかどうかだそうで、ないならないで仕方なくそういったことを全面的に引き受けることが王族であり貴族の宿命なのだそうです。

永代貴族の〈永代〉とは、貴様らこの雑務から絶対に逃がさんぞという意味合いを込めた最高に栄誉ある称号だった模様。

〈加護〉が政治向きだということで一代限りの貴族として叙任される方々との違いを表す〈永代〉の称号でした。

みんな揃って雑用係です。企業で言うなら総務課です。

グローセ王国に貴族とは永代貴族の一種類しかなく、子爵、男爵、公爵などの差別はありません。

さらに我等が国民は総じて〈加護〉を持っており、つまり「手に職を持つ」人々しかいないためとてもフットワークが軽く、身分を勘違いした貴族が領地で馬鹿をやらかすと、即座に街の人口が0になってしまいます。

なので、雑務に精を出し、民衆の人気取りに努める姿がデフォルトの貴族像なのでした。

本当にノブレスなオブリージュでございますね……。

通常は〈加護〉を持つものを適材適所で運用するだけで済むところが、世代によっては役職に穴が空いてしまい、そこを〈加護〉の補佐なく仕事としてやり遂げるための勉学と努力。

王族が王族、貴族が貴族たるゆえんはここにあったのですね。

しかしながらワタクシはGoodfull先生の〈加護〉を持っていますので、内政においてはオールラウンダーな特級な加護持ちと言っても良いと思うのですよ。

なぜ加護を〈内政〉にしておかなかったか。

ちなみに〈おっぱい〉の加護は歴史上初めて登場した栄誉ある加護だそうですよ。

軍事・司法・外交・人事・治水・商業、アレコレの知識を詰め込もうと努力して頭が痛くなってきたところで先生から薬を一錠貰ったところ、全てが解決してしまいました。

なんでもそれは記憶や理解を助けるお薬だそうでして、怖いので成分は聞かないことにしました。


そもそも錠剤の形をしているだけで本当に薬であるかどうかが怪しいところです。


王族として一番初めに教え込まれたことは、戦闘と戦場は違うということでした。

〈剣〉の三級加護を持つ剣士と四級加護を持つ剣士なら、三級加護を持つ剣士が必ず勝利します。

しかし相手が二人なら？　あるいは〈槍〉の四級加護と〈剣〉の三級加護の勝負なら？　あるいは加護を持たない弓兵十人に射られたなら？　あるいは戦場に落とし穴が掘られていたなら？

〈加護〉は確かに力を与えてくれますが、使いどころを間違えれば、あるいは使わせなければ、勝敗は確実に違ってきます。

過去に〈戦術〉の加護を持った軍人が残した用兵術を学び、それを再現できるように軍学を詰め込まれました。ちなみにレオ兄さまは〈戦〉の特級加護があるため、これをフリーパスした模様。ずるいです。

そしてなぜ軍学が最も早く教えられたのか、それは、現在も世界は戦争中だからだという切実な問題でした。

ここは七つの世界が融合し、それぞれの物理法則が混在する混沌とした世界。

それぞれの世界の生き物が、それぞれにとって住み良い環境で暮らそうとした場合、どうしてもそこには重なりが生じてしまいます。重なりが生じれば衝突が起きてしまい、それは生存競争と呼ばれる戦争になります。

人類世界はいわゆる旧世界の延長線上であり想像に難くないのですが、他の世界は違います。

幻想世界にも人間はいて、他にエルフ・ドワーフ・ゴブリン・オークなどの多様な知的生命体が存在し、彼らは「マナ」と呼ばれる万能元素を用いて魔法を使用します。

人間的な生き物の他にもケルピーのような魔獣も存在し、世界各地に生息している模様。

幻想世界の剣の使い手に人類世界の〈剣〉の加護持ちが敗北した例もあり、異なる世界との闘争は油断がならないものなのでした。

〈加護〉と〈魔法〉どちらが優勢なのか、これはわかりません。

幻想世界の人間には〈加護〉は備わらず、人類世界の人間は〈魔法〉を使えないのでこの辺りの扱いは複雑になります。

人間同士、世界を跨(また)いで交雑することは可能なのですが、生まれてくる子供は母親となった側の世界に属すると決まっているようです。

幻想世界の知的生命体とはまだ思考や文化も近くコミュニケーションが取れるために摩擦も少な

いのですが、これが他の世界となると問題になってきます。

とくに顕著なのは死後世界です。

既に死んでいる、あるいはそもそも生きていない種族であり、自分達以外の生命を捕食することで増殖しようとする傾向があります。

その活動方針はゾンビ映画そのまま。彼等とは絶対に相容れないものなのでした。

Goodfull先生の解説では魂魄が主体であり肉体はそれに追随するものでしかない精神生命体の一種なのだそうです。

肉体的接触をもって対象の魂魄を汚染するある種ウィルス状の性質を持ち、現界するための媒介である肉体を滅ぼしてもいずれは復元するため、純粋な物理エネルギーによる攻撃手段では核攻撃をもってしても駆逐することは不可能なのだそうです。厄介な。

そして、もう一つの脅威は群蟲世界。

群れでありながら一つの個としての意思を形作る生命体で、基本的に捕食と増殖以外の活動をしません。

軍隊アリのような移動性のコロニーが世界中を闊歩し、世界を文字通りに虫食い状態にしてしまう厄介な存在です。

こういった様々な世界からの来訪者が好き好きに地上を闊歩した結果、戦争が、いや生存競争が耐えない姿が今の現状なのです。

　グローセ王国は比較的安全な位置に立地するために平和な顔をしていられるのですが、死後種の領域や群蟲種の領域と隣接してしまった国々は悲惨極まりない終わりなき戦いを強いられているのでした。

　こういった事情もあり広域の世界地図というものは現世界には存在せず、また、遠隔地の文明との連絡手段も有していないのです。

　世界は七つの色で斑(まだら)に染まり、そしてそれぞれが自分達の世界の色で全てを上塗りしようと今日も今日とて生存競争が続くのでございました。


　ヨーロッパ大陸はその形状から外から守るに易く、攻めるに難い地勢でもって、我がグローセ王国は長い平和の時を過ごしてきました。

　地勢的な話をするなら、グローセ王国は旧ドイツの南方を支配する王家であり、ミュンヘンを王都とし、フランクフルトを北限とする国土を持ちます。

　さらに北、フランクフルト以北にはドイツ北部にオランダとデンマークを併呑した人類種のプロイセン王家が控えていますが、血筋的にも兄弟国なので軍事的にも民間的にも友好的な関係にあります。

　西にはフランスとスペインの大半を併呑した幻想世界最大の人類の帝国であるフランク帝国という大帝国が控えていますが、イングランドとアイルランドを統合したハイランド王国との睨(にら)みあい

助けて!
Goodfull先生!!
1
MAP
ケルン
フランクフルト
プラハ
グローセ王国
ミュンヘン
ウィーン
シュトゥットガルト
東ハープスブルク王国
バーゼル
チューリッヒ
ゼンティス山
西ハープスブルク王国
クール
ジュネーブ
アルプス山脈
ハイランド王国
ロンドン
アムステルダム
ベルリン
ワルシャワ
プロイセン王国
ケルン
アウグスト帝国
プラハ
グローセ王国
パリ
西ハープスブルク王国
東ハープスブルク王国
アルプス山脈
リヨン
バチカン法皇国
フランク王国
ローマ
マドリード

を続けているので当面の脅威ではありません。あの二国は世界を跨いでもなお仲が悪いようです。

南にはスイスを中心とした西ハープスブルク王家とオーストリアを中心とした東ハープスブルク王家が構えていますが、これもまた名目上、お互いが正統な王家であると睨みあっているので我がグローセ王家としてはあまり気にするところでもありません。どちらが正統王朝かというじつに下らないお話です。

さらにアルプス山脈を越えた南にあるイタリアには懐かしのキリスト教を未だに信奉するバチカン法皇国が広がっているのですが、一万と二千年を乗り切るその宗教の力には拍手を送りたい。

唯一の脅威と言えば、ドイツの東、ポーランドを中心としてバルト三国、チェコにスロバキア、ウクライナまでを支配圏とした人類種最大の帝国、アウグスト帝国とその属国群なのですが、東に南に、北にと延びた国境線が災いし、群蟲種や死後種などとの終わりなき闘争に疲弊しているのでひとまず安心と言うところです。馬鹿め。


グローセ王家とプロイセン王家の兄弟国が、幻想世界最大の帝国と人類世界最大の帝国との緩衝地帯になっている事実を考えると今の平和が理解できるでしょう。

もしも帝国同士が全面衝突を起こしたなら、戦争に疲弊した後、背後から迫る群蟲種と死後種の大群に飲まれて諸共に全滅するだけですから。


海洋貿易がないため他の大陸の動静は知りようもないのですが、そこはそれ、Goodfull先生のお力をお借りしたところ、我が心の故郷、大日本は死後世界に飲み込まれてしまったようです。

憲法九条はゾンビパンデミックに対して効果がなかったようですね。

一万二千年前の骸骨達が荒野となった世界をいまだにうろつき回っている情景にはゾッとしました。

かつての高層ビル群はわずかにコンクリートの跡を残すばかりで、正常な生態系の活動が行われなくなった日本は、植物と骸骨が支配する静かな世界でした。

犬や猫、熊なども白骨化したスケルトン王国であり、鳥なども白骨化しているのですが、これは羽がないため飛べないらしい。ざまぁ。

ただ希望も残っていました。北海道では自衛隊、北部方面隊の活躍により世界融合時の混乱を乗り切り、ここでも〈加護〉を持った子供達が生まれて、幻想種と人類種、そして鬼人種の共闘による八イブリッド国家、北海帝国の設立に至り、本土奪還をスローガンに捲土重来(けんどちょうらい)を目指し戦いを続けているようです。頑張れニッポン。

鬼人種はいわゆる鬼やデーモンに似た種族であり〈気〉という概念を使う暴力大好きな種族だそうで、殴る、蹴る、金棒で叩くという単純な破壊活動が魂魄の領域にまで届くため、死後種であっても滅ぼし得る強大な種族だそうです。こういった体育会系の方とはあまり出会いたくないものです。

七つの世界は元々、次元的な距離においてご近所さんであったため、次元境界線の綻びを通じての文化交流ことハプニングが時折あったそうです。それが民間伝承として伝わったものが民話であり、取り替えっ子や神隠しはこの作用であり、浦島太郎さんが亀っぽい生き物に連れられていった先は幻想世界だったそうな。

コブ取り爺さんが向かった先が鬼人世界だったことを考えると、彼の幸運具合は素晴らしいものがあります。


こうして世界を俯瞰(ふかん)できる立場で眺めていると、ポツポツと世界に散らばる人類社会が独力で生存のための努力をしている図に少々心苦しいものを感じてしまいます。生存圏の点と点を線で繋ぐことが出来たなら、他の脅威となる種に対してもっと組織的な反抗活動を行うことも出来ますから。

なのになぜ、俺の〈加護〉はおっぱいなのでしょう?

『カール様がお望みになったことです』

「望んでないよっ!! 先生のはやとちりだよっ!!」


そして、あの一件以来、ささやかな胸元に不安を持つ淑女達の悩みを聞く立場になってしまった俺。

その度に黒い闘気を放つシャルロット。妹に嫉妬されるということに喜びを感じてしまう罪な兄を許したまへ。

Goodfull医療サービスはユーザーのみならず、そのペット(先生基準)にまで効果は有効なので、豊胸や重力に負けてしまった乳房の整形もお手の物。

ただ、ちっぱいの少女達よりも、三十を過ぎたご婦人方からの依頼の方が多い始末。

あまり嬉しくありません。

30代はまだしも、40代、50代、60代であっても女性の美への憧れと言うものは止むことがないのですね。僕もう、つかれちゃったよ。

どうしてこうなった!?

『カール様がお望みになったことです』

「望んでないよっ!!　先生のはやとちりだよっ!!」


王族という立場が時間と共に忘れられつつある今日この頃。

不敬罪というものがこの国にも制定されているのですが「まぁ、あの王子だし」で済まされる昨今。

成人の儀以降、調子に乗りすぎておりました。

他者に敬意を払ってもらうには、敬意を払われるだけの人格に裏付けられた行動と言うものが必要だったのですね。

金獅子と月影の両兄さまとは別のベクトルで国民に愛される王子であることは間違いないのですが、不満は残ります。

お兄さま方には熱い憧憬の瞳が、俺には生暖かな同情の瞳が、どうしてこうなった?

『カール様がお望みになったことです』

「望んでないよっ!!　先生のはやとちりだよっ!!」

てんどんは三回までと法に定められているので不満は胸のうちに収めておくとして、最近、ルイーゼ巨乳姉さまが俺との距離をとり始めたことが不安でたまりません。

自分の胸の大きさのために弟の〈加護〉があんなことになったのでは？　とお悩みのご様子。

その大きな胸を痛めている姿には謝罪のしようもございません。

だって、実際にきっかけはそうでしたし……責任を取れとはいいませんが。


そういうアレコレが積み重なった結果、最近ますます影と毛が薄くなった父王君からの初の勅命が下ったのでした。

「小隊の指揮官として、街道沿いの魔物の退治、ですか？」

「うむ、軍学の成績も極めて優良という報せを受けておる。聞けばジークよりも優秀な成績を修めているとのこと。アレの一件ではどうなることかと心配したが、人には〈加護〉とは違う才が秘められているというのもまま在ること。父として嬉しく思うぞ」

そうだね父さん。おっぱいの〈加護〉しかない王子とか心配すぎるよね。

幻想種の領域からケルピーが溺れついたという事実、そしてそれ以来、幻想世界の生物がライン川を越えて人類種の領域に頻繁に現れるようになったことを受け、その調査の先遣隊として初の任務を俺に任せるそうです。

魔物の退治は名目で、道中の村々などに医療や大工仕事の加護による恩寵を与えて回ることも仕事には含まれるとのこと。

成人の儀が内向きのお披露目なら、街道沿いの魔物退治は外向きのお披露目といったところなのでしょう。

本来は三年ほど座学を学んだ後に行われる恒例行事なのですが、俺のアレがアレだったもので、醜聞となるまえに国民の人気取りをしておけという親心。しっかと受け取りました。

「はい、父王君よりの下命、しかと承りました」

ここはビシッと決めておこう。

父上も満足気だ。

久しぶりに館の面々も呼んで一大行軍を始めようじゃないか。

退屈な座学は疲れたんだよ僕。

ほら、一応前世で大学まで行ってるしさ。

◆　◆

洗脳されたケルピーである愛馬ケルヒャ号に跨り街道を闊歩する我が一行。

けっして愛馬ケルヒャの後ろに「ー」など付けてはいけない。

獰猛(どうもう)な人肉食馬がニンジン大好きな温厚な馬になり果てるとは〈加護〉の力には恐ろしいものを

感じます。

　俺の直属の家臣である館の面々二十三名、そして戦闘向きの加護を持った兵士が三十名、戦闘指揮を行える副官こと事実上の隊長アルブレヒトくんに、物資の搬送を行う輜重隊が五十名、総勢百と五名の一個小隊が街道を進み行きます。

　え？　百名超えの小隊？

　ちょっと父上さま何かおかしくないでしょうか？

　王都に近い街道は日々の巡回もあって人畜に害のある生き物の姿はなく、実に安全なものでした。

　夜の野営はロッテンマイヤーさんの〈館〉の加護で生み出された巨大建造物こと豪華な館に寝泊りする安全具合。

　野営という言葉の定義を根本から塗り替えてしまいそうな行軍です。

　朝には館を崩壊させてなかったことに。

　安全極まりなく、俺を傷つけるものなど何もない、そんな安全な行軍だと、その時は思っていました。

　王都を離れ、初めての街に辿りついたときのこと。

　前回、避暑地へ向かったときはお忍びだったので観光の一つも出来なかったのですが、今回は違います。

　なので、堂々と王子様御一行として街門を潜り、街のなかに愛馬ケルヒャ号の足を進めました。

そして街の住人達から湧き上がる歓迎の声!!

「キャ―――――――――――――――ああぁ、ぁ、ぁぁ??」

黄金の獅子、レオンハルト兄さまは、その金の髪に雄々しい肉体を持ち合わせた輝けるイケメンさまでございました。

月影の聖弓、ジークフリート兄さまは、銀の髪に夜の月を思わせる愁いを帯びた憂愁のイケメンさまでございました。

おっぱい王子、カール俺様は、のっぺりとした凹凸の少ないひらべったい顔の残念さまでございました。

黄色い声が疑問符を付けて尻すぼみに。

期待のハードルが高すぎるとこうなるよね!!

豪華包装のクリスマスプレゼントの中身がのど飴一粒だったら残念だよね!!

フレンドリィファイア!!　フレンドリィファイア!!　イズントゥ!!（友好的な射撃？　じゃねぇよ！）

女性陣の意気消沈に乗せられて、男性陣もどう反応すればよいのか困って口ごもる始末。

あぁ、こんなところに我が敵が。アンブッシュを見抜けなかったよ。

君達の心も理解は出来るんだよ。でも僕の心も傷つくんだよ。男の子って繊細なんだよ？

「……なぁ、フルヘルムかぶっちゃ駄目？」

我が小隊の副官アルブレヒトくんに尋ねる。

彼もどういう表情を浮かべていいのかわからない微妙な顔をして、首を振り「駄目です」と、答えた。

ですよね。お披露目ですものね。あははは。

これはお披露目なのですか!?　それとも晒し者なのですか!?

『お披露目が２、晒し者が８に相当すると思われます』

ありがとう先生、何の慰めにもならない正確な分析をくれて。


街を治める永代貴族から一夜の歓待を受け、一行は街を出ます。

夜明け前に街を出ちゃおうという俺の意見は却下されました。王子なのに。王子なのに!!

前日のうちに第三王子は残念顔だと言う噂が街中おばちゃんネットワークを通じて広められ、街からの脱出の際は溢れんばかりの群集の歓迎を受けました。

一目、残念顔を見たい。

その一念の男女問わない群集の心理が一目瞭然でございました。

これは……。

『晒し者が10に相当すると思われます』

ありがとう……先……生……。

◆　◆

二つ目の街では、またしても心は傷ついた。

三つ目の街でも、心はブロークンだった。

四つ目の街を過ぎたところで、心は感情をなくし。

五つ目の街で、我が心は鋼と化した。


「もう、おうちにかえりたい……」

「駄目です」

アルブレヒトくんが幾十度目になる俺の陳情に対し無情にも答える。

最近、アルブレヒトくんからの扱いも雑になってきている気がします。

王子の標準モデルが両兄さまという時点で基準を間違ってるんだって。

そんな悪い王子じゃないはずですよ、僕？

民衆と同じ視点で物を考えられる良き統治者になれるはずですよ？

もう街は嫌だ。もう街は嫌だ。

そう考えていると神が願いを叶えたのか、街ではなく農村が見えてきました。

今までも街道から僅かに横道に逸れれば農村はあったのですが、お披露目という観点からスルーしてきたのでした。

そして村での歓待は今までにないものでした……。


なにしろ、失望されなかったのだから!!


そう、兄さま方の美貌を知らなければ失望されないだけの顔を俺はしているんだよ！

自信を取り戻した俺は、この村のために力を惜しまずその権能を披露した。

「なになに？　牛の乳の出が悪い？　なぁーに、まかせなさい私の特級加護を見せてあげよう」

乳牛からは毎日200リットルの極上乳が搾れるように。

ナノテクノロジー万歳!!

「なになに？　赤ん坊にあげる母乳の出が悪い？　なぁーに、まかせなさい私の特級加護を見せてあげよう」

乳腺の活動を活発化させ、さらに栄養補助を加えた赤ん坊に最適な成分調整もお手の物。

ナノテクノロジー万歳!!

「なになに？　最近、おっぱいが垂れてきて夫婦生活に支障が？　なぁーに、まかせなさい私の特級加護を見せてあげよう」

ふっくらとした若々しい張りのある膨らみ、そして年月と共に黒ずんだ乳首も綺麗なピンク色に、
グッナイ！　旦那さん！

ナノテクノロジー万歳!!


街と違って村は良いなぁ。

足りないものが多すぎて力の見せ甲斐というものがある。

庭師のデニスには不作になりそうな土地を〈植物〉の加護で調べさせて改善させた。

家屋の修繕をロッテンマイヤーさんに頼もうとしたが〈館〉の加護は家には使えないそうで、ある意味ビックリしました。

厩舎や家畜小屋などは〈館〉に付随するものとして改築できるのに、小さな一軒家は〈館〉の範疇外なので駄目なのだそうです。

〈加護〉の意外な一面を発見。

〈ハウスキーピング〉の二級加護を持つメイドコンビはその点お手の物で、雨漏り対策の屋根の修繕から隙間風を防ぐための壁の塗りなおしまで、実に多岐に亘る力を発揮して見せました。

ハウスキーピングとは、家を保守するものであって、純粋にメイドさんなわけではないご様子。

そういえば彼女達が掃除以外にメイドっぽいことしてる姿見たことがなかったわ。

アレコレと農村に手を加えること二日、農村の生産効率は従来の８００％に向上（Goodfull先生調べ）の内政チート！


内政チート楽しいです!!

内政チート楽しいです!!

内政チート楽しいです!!


「そろそろ次に参りましょう」

はあ？　次って何？

アルブレヒトくん何言ってるの？

僕はまだまだこの村に尽くし足りないんだよ？


「街は嫌だ！　僕はこの村の子になるんだ！」

「参りましょう。そして貴方は王の子です」

首根っこを摑まれてズルズルと、逆らえない十一歳児の小さな体が憎い。

あとこれ、王子に対する扱いじゃない!!　絶対不敬罪に当たるよこれ!!

あぁ、村の皆がお別れの挨拶として手を振っている。

あまりに技術向上しすぎて逆に引いてた村の皆が安心した顔で僕に手を振っている。

あぁ、さようなら幸せの村。そしてこんにちは絶望の街。


幸せのあとの失望の声は、それはもう苦々しく、不幸が幸せのための調味料なのか、幸せが不幸のための調味料なのか、哲学的な命題を僕は考え続けるのでした。

第六話　二万一千四百二十五体

皆には内緒だがGoodfull警戒サービスを利用しているため、俺は索敵において一切の心配はありません。

しかし、そんな俺の行動は兵士諸君にとってウカツ極まりない行動に見えたようだ。


安全確認の取れていない林に無防備に入る。

安全確認の取れていない川に無防備に入る。

安全確認の取れていない山に無防備に入る。


愛馬ケルヒャ号の高性能極まりない登坂能力に任せた俺の行動は、小隊全体から見てあまりに高機動すぎるためにそうなった始末なのですが、結果、愛馬ケルヒャ号を取り上げられました。

なぜだ!?

『カール様の行動の結果、小隊内部での不安感と不信感が高まりすぎたためです』

はい、そうです。

何一つ言い返すことが出来ません。

そんなわけでケルヒャ号は今、副官アルブレヒトくんとイチャイチャしてます。

輜重隊の荷馬車のなかに放り込まれた僕はイチャイチャの惚気を見せ付けられているのです。

あ、アルブレヒトくんの手からケルヒャがニンジンを食べよった。

ニンジンを与えてくれるなら誰でも良いと言うのかい？　ケルヒャ号よ？

そして、せめて人が乗る馬車に僕を乗せようよ。

荷物と一緒に荷馬車に乗せるのはどうかと思うんだ。仮にも一国の王子をさ。

まるで俺が厄介なお荷物であるかのようではないか！

その通りなんだけどさ!!


戦闘においては役立たず。先頭においても役立たず。

よし上手いこと言った！　ドイツ語だとぜんぜん上手くないけど。


しかし、戦闘かぁ。

いざと言うとき、確かにどう戦ったものだろう。

剣を持っては素人並み、槍を取っては素人並み、弓を引いたら顔をベチンとする始末。

こんな王子の下で、誰が戦いたいと思うものか。

こんな僕でも戦えそうな武器はないかと通信販売のカタログを眺めていると、重力子線照射装置や分子結合崩壊波動砲など素敵な名前のロマン武器名が並んでいましたが、〈加護〉がおっぱいだから使えない。バレちゃいけない、知られちゃいけないおっぱいマンが誰なのか。

俺の〈加護〉はおっぱいだ。

だから、おっぱいにかこつけた、そんな戦闘方法を編み出す必要があるのです。

字面におっぱいが含まれていれば〈加護〉特有の出鱈目さで皆も納得してくれるのではないだろうか？

おっぱい、おっぱい、乳首、ニップル……はっ!?　俺は今、とても良いことに気付いたかもしれない。

先生、俺のアイディアは実行可能ですか？

『その効率性と見た目はともかく、可能です』

やったね、これで僕も闘えるよ！

一軍の将として、一国の王子として恥じることなく戦うことが出来るよ！

こうして俺の脳内で戦闘方法が確立されたところで、かといって待遇が変わるわけでもありませんでした。

昼間は荷馬車に揺られドナドナを歌い、夜はロッテンマイヤーさんの館に宿泊する毎日です。

脳内インターネットで動画鑑賞できないと暇で暇で死に絶えるところでしたよ。

そして今は国境に一番近い最後の街から遠く離れ、国境を守る北バーゼル砦へ向かっているところでございます。

途中、野盗に身を落としたのか、それともそもそもそういう生態なのかわからないゴブリンさん達の襲撃を受けましたが、〈剣〉の一級加護を持つアルブレヒトくんがフォンと一振りすると肉塊が散らばるのみでございました。

幻想世界との国境といっても全ての種族と同盟や不可侵条約を結んでいるわけではないので、ゴブリンやオーク、コボルトなどの懐かしのＲＰＧ的雑魚キャラさん達はよく人類種世界でも悪さをします。

そしてドラゴンやユニコーンなどの知的生命体さんがやって来られると大変困ります。

ペガサスさんはわりと人気なのですが、ユニコーンさんの処女厨は凄まじく、男性や非処女が近づこうとすると角で突き殺そうとしてくるので大変嫌われております。男性陣にはもちろん私は処女であると言う顔をしたい女性陣にも大変な不人気さんなので、多少暴力的な方法でお帰り願うようになっております。

主に弓で射殺す形で、天に。

幻想世界の人達にとっては聖獣だそうですが、我々にとっては性獣でしかありません。

そもそもユニコーンの雌の非処女の待遇はどうなっているのでしょう?

処女馬の雌を雄が股間の角で突いたあと、事後になって頭の角で雌を突き殺すのでしょうか?

なんともまぁ鬼畜極まりない外道生物です。ここはぜひとも絶滅させましょう。

処女が神聖なのであって、お前等が神聖なわけじゃねぇんだよ、勘違いすんなツノ馬が!

そんな馬鹿なことを考えながら荷馬車でドナドナっていると、国境を守る北バーゼル砦にようやく到着しました。

よくよく考えてみれば百人規模の大名行列。

これを襲おうと考える魔物や野盗の類(たぐい)などいるわけもなく、本当にお披露目目的の道中だった模様です。

戦果はゴブリンさんが五～六体ほど？

ふふふ、晒し者になった成果がこれですか。

僕は、自分の生きている価値について思い悩むほどに苦しんだのにコレが成果ですか。

なんともはや、人生とはままなりませんな。


「砦の壁にタッチしたので往路は終わり。もう、復路に入って帰りましょう、そうしましょう」

「駄目です。ちゃんと砦の司令官に挨拶しないと」

アルブレヒトくん、ノリと扱いが悪いですよ。

そんなわけで気乗りしない砦の慰問をこなす為、門を潜り、我が小隊が砦の中庭に着くと、砦の司令官が守備兵達と共に膝を突いて最敬礼をいたしました。

ケルヒャ号に乗ったアルブレヒトくんに向かって。


あ、ドナドナってて荷馬車から降りるの忘れてたわ。

固まったアルブレヒトくんをケルヒャ号から引き摺り下ろし、愛していない愛馬の背をとり戻します。

「国境の監視、防衛、大儀である。楽にして面(おもて)をあげよ」

頭を下げる前、ケルヒャに乗っていたのはアルブレヒトくん、頭を上げるとのっぺり顔の十一歳児が乗っていました。なんてマジカル。

司令官の目がポツンとなってて可愛いです。

くくく、アルブレヒトめ、日頃から俺を粗略に扱うからこういう目に遭うのだよ。

王族に対する敬意というものが足りんなぁ貴様には。ふははははは。

「我が名はカール・グスタフ・フォン・グローセ、グローセ王家第三王子である。皆の忠義の礼、嬉しく思う」

俺は魔法カード、グローセ王家秘伝「なかったことにする」を発動。

司令官以下、兵士諸君も空気を読んで再度の敬礼を返してくれた。

「ここは国境線。国防の要であるゆえ、堅苦しい礼儀作法のために軍務を疎(おろそ)かにするわけにもいかぬ。ゆえに、守備兵の皆は各々の役目に戻るが良い。夜には我が連れし〈料理〉の一級加護を持つ料理人の食事を振舞うゆえ、期待して夜を待つが良い」

現実問題、俺の言葉なんかより美味しいものの方が慰問になるよね。

今日は、アルブレヒトくんの無様を見られた、その一点だけでもこの旅の成果はあったと思おう。

それほどまでに通り抜けてきた街々で受けた歓迎から失望までのアップダウン効果は俺の心を荒(すさ)ませていたのだ。


農村は良かったなぁ。王子だからって過剰な期待がなくてさぁ。

兄より優れた弟なぞ存在しないんだよ。

みんな、そのことをわかってください。


そんなこんなで旅の終着駅。

人類種と幻想種の国境線、北バーゼル砦の壁の上に立って観光に努めてみます。

なぜこの砦が北バーゼル砦なのかといえば、川の向こうには南バーゼル砦があるからです。

旧世界においてバーゼルはスイス領なのですが、ライン川を国境線とする過程で、北側はうちの王家の敷地扱いになった模様。

ライン川を挟んで南側が幻想種の領域、そして北側が人類種の領域なのですが、人の目で見た感覚ではとりたてて違いがわかるわけでもありません。

川の向こうにあるのは砦と森であり、川のこちらにあるのも砦と森だからです。

人の手が入らないとどこもかしこも森だらけです。

エコロジストの天国ですね。

野生の王国とも言いますが。

川の向こうには幻想種の人間が造り上げたと思われる砦が存在し、こうして砦同士で睨みを利かせあっている次第。

しかし人間以外と殺伐とすることに事欠かないこの世界では、人間同士の仲良いご近所付き合いが行われているようです。

『人類種』の人間と、『幻想種』の人間、文字の上でもややこしいことこの上ないのですが、そのうえ目で見比べてみても違いがわかりません。

感覚的には少しだけ他国人の感じがするなぁと言う感じはするのですが、あまり人種的に離れているようにも見えない。

日本人の感覚でいえば金髪で白人なら全て同じ外国人に見えてしまうあの感覚。

「幻想種の人間も、こちらの人間とあまり変わらないのだな」

「そうですね、普段から隣り合っている我々でも見た目では区別が付きませんから、間諜には気をつけねばと常々心を配っております」

そう司令官殿ことガイドさんは口にするが、緩みきった空気しか感じられない。

「食べるものなども、似たようなものなのか?」

「そうですね、多少の違いはありますが、向こうの料理は味付けが薄めの傾向があります。塩の流通に困っているそうですよ。時折、塩を分けてほしいと頼まれます」

うん、もう完全に向こうの砦の連中と仲良く付き合ってるのな、君達。

「例えば、私が川の向こうの砦に挨拶に出向いたとして、彼らは歓待してくれるのかな?」

「そうですね、わりと気の良い連中ばかりですから歓迎されると思いますよ。こちらの砦ではエールが主体ですが、向こうはワインが盛んなので、酒に合わせた料理の違いも楽しめるかと思います」

いっさい隠す気すらないのね。

実際、争いあってはいないない人間同士、民間（？）の付き合いが良好であることは悪いことじゃない。

敵に回すなら人間よりも人間様以外で十分な世界なのです。

とはいえ、いきなり隣国の王子がお忍びで国境を跨ぐのもまずいだろうからここは一つ我慢しよう。

だって十一歳児はお酒を飲めないし。

そして見るだけならGoodfull先生のマップサービスがありますからこれで我慢といきましょう。

というわけで、マップ機能をＯＮ。

ふむふむ、ライン川が国境線になっていて、ライン川沿いに転々と砦が第一次防衛線として用意されているのか。

そして、その後方に城塞都市を置くことで、緊急時には後方支援の形を取っていると。

やるではないか我が軍は。

そして、川の向こう側は……なんだか真っ赤だな。

地図上、南に10キロメートルほど離れたあたりに真っ赤な点が一杯です。

先生、これはなんじゃらほい？

『赤い点はカール様にとって有害と思われる敵性対象をマーキングしております』

ふむふむ、つまり、川の向こうに大量の敵が存在していると。

『はい、そうなります。現在時速３００メートルで北上中、明日の夜にはこの地に到着するでしょう』

「ははは、明日の昼ですか。ではまだ二十四時間あるわけですね？」

『正確には残り三十三時間二十分になります。また、敵性対象の行軍速度の変動によりこの時間も変化するでしょう』

「なるほどなるほど。それで、その数はいかほどに？」

『敵性対象は現在、二万一千四百二十五体確認されております』

なるほどねぇ、川の向こうの南方10キロメートル先には二万の敵がいて、それがゆっくり北上中だってさ。

そして砦の皆は誰一人としてそれに気が付いてないんだってさ。

あはははは。先生!!　Goodfull警戒サービスはどうなってるんですか!?

『警戒サービスは六時間以内に訪れると予想される危険物に対して警告を発するサービスです。今回の場合はいまだ猶予時間が残されているために音声による警告は為されませんでした』

はっはっは、ヘルプをちゃんと読まない世代はこういうときに困るんだな。

あぁ、軍靴の音が聞こえる。

……どうしよう？

◆　◆

とりあえず、マップ機能の３Ｄ投影で敵性対象とやらを映し出す。


蟲（むし）蟲蟲。

蟲蟲蟲。

蟲蟲蟲。

蟲蟲蟲。

蟲蟲蟲。

蟲蟲蟲。

蟲蟲蟲。

蟲蟲蟲。

蟲蟲蟲。

蟲蟲蟲。

蟲蟲蟲。

蟲蟲。

蟲蟲。

蟲蟲。

蟲蟲。

蟲蟲。

蟲蟲。

蟲蟲。

蟲蟲。

蟲蟲。

蟲蟲。


いやぁぁぁぁぁぁぁぁぁぁぁぁぁぁぁぁぁぁぁぁっ!!

人間大の黒光りするカマキリさん達が黒い絨毯を作ってらっしゃるじゃないですか！

森の中では軍隊黒カマキリVS耳長エルフさんの戦争風景が映し出されておりました。

Goodfull先生の戦力分析の結果は10：0で黒カマキリさんの優勢。

黒カマキリさんの鎌の性能はハイス鋼と同等の硬度を誇り、体を覆う外殻もそれに準じるものだそうです。

柔らかそうな部分は眼球と関節部くらいで、飛翔する機能は持たないものの、腹部にも外殻を持

ち合わせるため弱点らしき弱点はないそうです。

対する耳長エルフさんの攻撃手段は弓と風の魔法。

ただの鉄の矢尻はハイス鋼よろしく御硬い鋼鉄の外殻に軽く弾かれ、真空の刃はそよ風のように表面をなぞっております。

黒カマキリさんを傷つけるには硬度も速度も重量も、なにもかも足りてらっしゃらないようです。

あぁ、なんて攻撃的メタルス○イム。

幸い、森の耳長エルフさん達は樹上から一方的に遠距離攻撃を加えているため今のところ被害は出ていない模様。

それに対する黒カマキリさんの戦術は根元からの森林伐採。

これで戦後、百年ほどは木材に困ることがなさそうです。

木が倒れるごとにエルフさんは後方の木に飛び移っていますけれど、戦闘域の外側では黒カマキリさんが逃走経路となる木材を着々と伐採しております。

黒カマキリさんは「へ」の字をした鶴翼の陣を敷きながら木を切り倒して北上中。

中心部の伐採速度は遅く、外側の伐採速度は速いので、両翼包囲が完成し、「へ」の字が○になったときエルフさん達の命運は尽きるのでしょう。


すっぱい葡萄(ぶどう)に手が届かないなら木を切り倒せば良いじゃない?

イソップ童話を根底から覆す、なんて合理的解法。

蟲の頭なんて大したことないだろうと思っておりましたが、ちゃんとした戦術眼をお持ちなのですね。

樹上を飛び回れない生き物は伐採ついでに黒カマキリさんにパックンチョされてご臨終。

時速３００メートルの北上速度というのも木を切り倒すと言う一手間のためであって、木を切らないならどれほど速くなるものやら？

『伐採を行わない場合の移動速度は時速30キロメートルに相当すると思われます。カール様が乗り物として使用なされているケルピーの移動速度は時速60キロメートルを超えますので、十分に安全を保った避難行動が可能でしょう。ケルピーが使用出来ない場合においても空中輸送用の乗り物を購入することで安全かつ確実な避難が行えます』

あぁ、それはとても合理的判断ですね。

相変わらず俺以外の人間達をホモ・サピエンスとして認めてらっしゃらない先生の判断は無機質でございますなぁ。

とりあえず、危険が迫ってることを司令官殿にお伝えしようか。

平和ボケしているとはいえ監視に役立つ〈加護〉の持ち主は配置されているわけで、〈目〉の五級加護を持つ監視兵に南方10キロメートル地点の森を観測させてみたところ、なにかとなにかが争っていることだけは確認できたようです。

うん、俺でもなにかがワサワサ動いてるのは見えるよ。

木の蔭になって何が動いてるかわかんないけど。

〈目〉の五級加護って……それ視力が良いだけなんじゃね？


そして、その脅威が北上中ということを含めて急遽作戦会議が開かれることに。

元・作戦会議室こと大食堂で司令官以下、城内の兵士が揃って頭を抱えております。

砦の人員が総勢五十名、小隊の面々が総勢百四名。

閑職極まりない砦の面々、敵の戦力も実態もなにも摑まないままに作戦を考えようとしております。


うん、何かが間違っている。

あぁ、彼を知り己を知ればの孫子の一文を知ってるだけでも、俺は時代を一歩先行く存在だったのですね。

情報がない＝作戦のたてようがない、そんなことにも気が付かない面々。

まずここは斥候でしょう？　でも国境線を越えちゃうから、そこのところが不味いよね。

というわけで、まずは川の向こう、幻想世界の南バーゼル砦の司令官殿に越境のお伺いと注意勧告を行うことにしましょう。

するとどういうわけか、ライン川を越えて南の司令官殿もこちらの砦においでになって頭を抱えております。

北バーゼル砦の司令官と南バーゼル砦の司令官が仲良く頭を抱えております。

あぁ、無能……。

さて、そんなことより自主的に遅滞戦術を行ってくれているエルフさん達の保護を考えなければいけないのだけど、私、外国の王子なのよね。人情的には助けたいけれど、そのために自国の兵を使うわけにはなんとやら。

黒カマキリの「へ」の字が完全な〇の字になるまであと五時間ほど。その後、お食事タイムのムシャムシャが数時間あるとして、それで北上が止まれば御の字なのだけど、群蟲種というのは止まることを知らないマグロのような男らしい生き様をしていらっしゃるとのことなので、このまま北上してくることはまず間違いないでしょう。

「まずは斥候を送り敵性戦力の把握、それに並行する形で近くの城塞都市に援軍を頼むのはどうでしょう？」

それだ！　という顔をするんじゃない両司令官が！

すでに斥候も援軍要請も済んでるものだと思ってたよ。

城塞都市までケルヒャ号を最速で飛ばしても五時間、通常の軍隊が急いで寝ずの行軍をしたとしても砦にたどり着くには二日間、さらには援軍のための軍団の編制から始まるのだから間に合うわけないですね。とほほ……。

「ちなみに、現在南方の森で戦闘中にある存在について予測の付く方はいらっしゃいますか？」

答えを知りつつ演技するのは白々しいものがありますなぁ。

「一方は、南方の森を住処とするエルフ族であると思われますが、それに敵対している側の種族については思い当たりませぬ。ゴブリンやオークの類とは別種の敵性存在のようだとは思うのですが」

南の司令官殿はエルフについてはわかっていても、その敵の正体には気が付いてない模様。

ドラゴンとか、オーガとか、そういうの想像してるのかしら？

ここで敵は群蟲種な鋼鉄の黒カマキリさん二万体だよと教えてあげたなら、きっと絶望的な顔を浮かべてくれるに違いない。

「エルフの総数、戦闘能力はいかほどで？」

「女子供を含めればおよそ五千といったところでしょう。エルフは男女問わず弓と魔法の使い手ですから、早々に敗北することは有りえないと思うのですが、物見の報告では一向に戦闘の気配は止むことがないようです」

黒カマキリさんがちょっと硬すぎて手も足も出ない、相性の問題ですな。

拳銃で戦車に対抗するには火力が足りないという残酷なお話。

いっそのこと森に火でも放とうかしら、エルフさんの火葬も出来て一挙両得なのではないでしょうか？

『この時期の成木に火をつけても森林火災として広がる可能性はかなり低いと予想されます』

ですよね。

先生のサービスで黒カマキリさんの駆除を出来たりします？

『はい、Goodfull害獣駆除サービスによる衛星軌道からのレーザー照射により、およそ四十秒で駆除を完了させることが可能です』

……さいですか、実に素晴らしいサービスですね。

『お褒めに与り光栄です』

それは最終手段として、それを上手に利用出来るよう知恵を絞ろうじゃないか。

上手に、知恵を絞ろう、主に俺のために。


「カール王子。王子は砦に残り戦闘に参加するおつもりのようですが、それは認められません。どうか我々と共に撤退してください」

アルブレヒトくんの常識的判断に南北司令官が絶望の表情を浮かべる。

うん、アルブレヒトくん、それは間違いではないと思うのだけど、ここで見捨てるのも人としてどうかと思うじゃない？

「アルブレヒト。私が父王君から受けた勅命は何であるかを述べよ」

「それは……街道沿いの治安維持のための魔物の討伐でございます」

そう本音は晒し者、建前は街道沿いの魔物退治。

つまり、その終点たるこの砦もその任務の対象なのだ。

「であれば、ここで退くことはその勅命に逆らうことになる。それは当然の帰結であろう？　この砦を抜かれたなら街道沿いの治安は崩壊してしまうのだからな」

「しかし！　殿下!!」

「みなまで言うな！　戦闘に向かぬ者は城塞都市フライブルクまでさげると共に、周辺の砦からの援軍要請の人員として利用する。これは私の受けた勅命を最大に解釈した上で、王命として皆に命じる。南バーゼル砦を第一陣の陽動として使用した後、ライン川を防壁として北バーゼル砦を本命の防衛線として利用。遅滞戦術を行い各地からの増援を待つ形をとる。南バーゼル砦の指揮官殿、此度は種を超えた危難であるため、全面のご協力、領土内への進入の許可を願えるかな？」

カール王子十一歳児の雄弁な語りに頷きを返す南の司令官殿。

アルブレヒトくんも俺の変貌に驚きを隠せず、いや、敬意を込めた目で見つめ返してくる。

そう、俺は幼くとも王子なのだ!!　加護が〈おっぱい〉でも王子なのだ!!

ふふふ、へへへ、ははははは、ここでおっぱい王子の汚名を返上してくれるわ!!

黒カマキリよ、お前等のはらわたを抉(えぐ)り裂きハリガネムシを引きずり出してくれるわ!!

Goodfull先生がなっ!!

第七話　エレクトリカルパレード

まずは自身の安全確保のために通信販売をポチリます。

Ｔ・Ａ・Ｍ・Ｓ（タクティカルアーマードマッスルスーツ）を一着注文。

これは軍事用のボディスーツで対弾対刃対圧対衝撃対熱対冷対放射線以下略の各種防御と最大25万馬力の出力を誇る実戦用の軍事装備なのである。暗視、光学迷彩、対光学迷彩、ＥＣＭ、ＥＣＣＭ、自動医療装置、自己修復機能を標準装備し、オプションパーツを付けることで空中機動や各種レーダーの搭載、肩や背中などのハードポイントに搭載したビームやレーザー、実弾兵器との思考リンクも可能なスペシャルかつベーシックなパッケージシステムなのだ。

ただし、段ボールに入って送られてくる点は変わらない。

『様式美です』

大きな段ボールをビリビリと破いて、なかの緩衝材を潰してちょっとだけ楽しむ。

十一歳児用にカスタマイズされたため総出力が14万馬力に落ちたものの、黒カマキリさんを握力のみでグシャリとする程度には楽勝になったこの私。いざとなれば先生の害獣駆除サービスもありますから気楽なものです。

「さて、まずはエルフさんを助けるついでの威力偵察と参りましょうか。アルブレヒトさん、デニスさん、行きますよ」

戦闘力が14万に上がった私に敵はないのです。とはいえ、形だけでも護衛を連れて行くとします。〈剣〉の一級加護を持つアルブレヒトくんにとって、鋼鉄の塊はバターの塊と変わりないそうなので頼もしい戦力になることでしょう。

そして〈植物〉の加護を持つデニスくんは戦闘向きではないけれど、森林全てが彼の味方をしてくれるはずです。

さらに強引に連れ出した南バーゼル砦の司令官は剣にマナを練りこむ魔剣術と火の魔法の使い手だそうです。どれほど役に立つかわからないので、彼だけはむしろ護衛対象として考えておこう。


さて、愛馬ケルヒャ号に跨(またが)りエルフの陣中へ、殴りこみだ!!

黒カマキリの鶴翼の陣、「へ」の字の陣形が○に変わりつつあるところ、先生が衛星からのピンポイント射撃で適度に侵攻を遅らせてくれています。

アニメ的なレーザーは目に見えるものですが、実際のレーザーは目に見えることなく、超高温の不可視の赤外線に貫かれて足並みを乱される黒カマキリ達。

混乱するカマキリ達の背中に、先行するアルブレヒトくんの剣から一陣の風が吹くと、一刀の下に十のカマキリが切断されて骸(むくろ)をさらす。

一刀十殺!!

あれ？　アルブレヒトくんが二千回素振りすれば勝てる戦いなんじゃない、これ？

「王子！　敵は群蟲世界の超硬甲殻型両腕刀剣類です。並みの攻撃ではその硬さのために無効化されます！　お気をつけください!!」

その御硬い黒カマキリを触れることなく易々と複数斬り伏せた、並みじゃない攻撃力の持ち主がそう語っても説得力がありませぬよ。下手をすればＴ・Ａ・Ｍ・Ｓですら切り裂かれかねないな。

これは注意が必要だ。

あと、超硬甲殻型両腕刀剣類と言う正式な名前が長いので黒カマキリさんに統一したいところです。

「目的は敵陣突破、エルフとの合流及び避難誘導にある！　デニス、足元の草木を絡めさせて遅滞戦術を図れ!!　アルブレヒトはそのまま中央を切り裂け！　司令官殿は！　えーと、適当に、火は使わない方向で?」

レオ兄さまも人間兵器でしたが、アルブレヒトくんもなかなかのリーサルウェポン。頼もしいです。兄貴って呼んで良いですか？

やがて敵陣を突破する我等四人。

なぜか我等の突き進む道行きには未知の攻撃で死亡したカマキリさんがいっぱいで一切襲われませんでしたが、物凄い幸運ですね。

エルフさん達が頑張ってくれたのでしょう。

「エルフの諸君！　遠からんものは音に聞け！　近くば寄って目にも見よ!!　我はグローセ王国第三王子カール・グスタフ・フォン・グローセである!!　此度は卿等の危機にあり救援に駆けつけた。敵勢力は森林を伐採しつつ包囲陣を形成しつつあり、貴方がたは現在既に半包囲の状態にある。足場となる木がなければ樹上の有利も消え失せるであろう!!　よって、即座に攻撃を中止し、その全速力をもって南バーゼル砦へ避難されたし!!　砦には現在、組織的抵抗のための陣地が用意されている。ここで無意味に命を散らすな!!　転進し、反撃のために砦に合流されよ!!　北へ逃げよ!!　全速力で!!」

先生のサービスを利用して、全てのエルフに声が届くよう戦域一杯に拡声してもらいました。

問題は『ドイツ語』通じたかな？

こういうものは勢いが大事なものでして、ノリノリで熱弁すればノリで逃げちゃう人がいて、逃げちゃう人を見るとついていっちゃう人がいて、独りぼっちは寂しいからやっぱり自分もとついていくものです。

どうやらドイツ語は通じたらしく、こうなれば女も子供も器用なことに樹上を跳ねる様に駆け抜けていくエルフさん達。

上を見上げれば、樹上生活なのにそのスカート丈はないいんじゃないかな、うひひ。という役得も得つつ我等も砦へ向かいます。

エルフを囲もうとしていたカマキリさん達はやはり未知の攻撃によるご臨終を迎え、一切の被害なく砦への避難は済んだのでした。

……エルフさんの説得のために司令官殿を連れてきたんだけどなぁ。

◆　◆

さて、我々四人が敵陣突破と避難誘導を行っている間に南北のバーゼル砦で突貫工事が行われておりました。

具体的には砦から砦まで続く中空の橋の建造。〈加護〉の力ってチートですね。

さらにライン川沿いに〈館〉の加護を使った最硬度の『館の壁』だけを建設。

この使用方法はロッテンマイヤーさんのプライドをひどく傷つけた模様でのちの土下座が必須となりました。

もともと砦には五千人を収容できるだけのスペースはないため、一時的にライン川に氷の橋を建造。

水の〈魔法〉と冷却の〈加護〉のコラボレーション。

多くのエルフさんには川沿いの壁上に弓を持って構えてもらい、それでも余った方々は北の砦のさらに後方に待機していただきました。

そうして作戦は最終段階に、森に火を放って見晴らしをよくします。

「司令官殿、炎を撒き散らし木を焼いてくれたまえ！　なに、ちょっとした嫌がらせだよ!!」

「はっ、了解しました!!　王子!!」

うん、僕、他国の王子なんだけどね。もう完全に家臣のノリですな。ノリって怖いね。

作戦があまりに順調に行っているためか、駄目駄目おっぱい王子を見る目が歴戦の将軍を見る目に変化してまいりました。

とても良い傾向です。

さぁどんどん俺を見直しなさい、アルブレヒトくん。

司令官殿の撒いた炎が類焼を呼び、ちょうどよく炎の壁が形成されカマキリさん達を焼き焦がし二の足を踏ませます。

一つの火種が大火事に、煙草のポイ捨てには気をつけないといけませんな。

なぜか司令官殿の火の魔法とは全く関係ないところからも火の手が上がり、炎が一列の壁を形作っていた件については気にしないことにしましょう。

敵中突破の往路と復路を駆け抜けて南バーゼル砦に駆け戻る我等四人。

それを見届けて歓声を上げる、やんややんやのエルフや兵士達。

だがしかし、未だ戦闘が終わりを迎えてないことを忘れてはいけない。

やがて炎の壁を踏破して黒カマキリ達の絨毯が溢れ出すと歓声の声が悲観の声に変わりだしました。

だが、ここはまだ死地ではないと俺は檄を飛ばす。

「諦めるな兵士達よ!!　まずはこの南の砦に引き付けるのだ!!　蟲どもの体は重くラインの川は越えられぬ故、ここでまず時を稼ぐのだ!!」

俺の鼓舞の声に従って兵士達が弓を射掛ける。

矢での攻撃に効果はなかったのだが、火の魔法や投石、〈加護〉を用いた質量攻撃はそれなりの効果を与える。

中空に館を生み出し物理的に敵を押しつぶす、そんな戦闘方法があったのですねロッテンマイヤーさん。

だが、敵の数は二万を超えて、ライン川の向こう北バーゼル砦から眺める戦場は黒一色の絶望の一言でしかなかっただろう。

しかしそれでも我等は諦めない。

それから〈ハウスキーピング〉の加護で砦の壁を強化出来るとは思いませんでした。

どういう出鱈目なのか砦の防御は硬度を増して、それなりに長持ちしてくれました。

メイドコンビにはあとでご褒美をあげないとね。

それでも奮闘虚しく夕暮れ時を迎えたころには砦の外壁が物理的な限界を迎えて崩落の時を迎えたのだった。

だがしかし、その時にはもう我々は南から北へ、中空の橋を渡り終えていたのですよ。あばよ、とっつぁん！

こうして黒い絨毯を川の向こうに集め、川のこちら側には観客を集め、夕暮れ時という最高の時間を整えた。

さぁ、俺の一大ショーを魅せてやろうではないか!!

うごうごと蠢き川の手前で立ち止まる黒い絨毯達、蟲と人間、ライン川を挟み睨みあう両陣営。

自らの重量から川に入れば溺れ死ぬとわかっているのだろう。

仲間の屍を橋にして川を渡ってくるかと思ったが、その度胸はない模様。

だがしかし、その小ざかしい知恵と臆病が貴様等の死を招くのだよ。

南の砦を無視してライン川を渡ろうとしていたら計画が失敗するところだったので、ありがとう黒カマキリさん。


さて、夕暮れ時、薄暗く、イルミネーションが映える時間がやってまいりました!!

カモン！　デウスエクスマキーナ!!　Goodfull先生!!

『私は常にユーザーさまの傍にいますが？』

おう、なんともつれないお返事。

では、打ち合わせ通りにお願いしやがりますね？

『了解しました』

さぁ、舞台を始めよう。

北バーゼル砦の最上階、さらにその屋根の上に登り立つ俺。

バーゼル砦名物、灼熱の虹色エレクトリカルパレードの開催だ!!

「我が〈加護〉はおっぱいなり!!　されど、おっぱいと馬鹿にしたもうな!!　自らの力を信じ、自らの〈加護〉を信じる時、それは光り輝く〈加護〉の恩寵(おんちょう)として現れるのだっ!!!」

まったくもって意味不明のセリフですけど、これで良いのです!!

戦場は勢いとノリなのです!!

なぜか俺の演説が戦域全体に響き渡る不思議も、この戦場の空気の中では誰も気付かないものなのです!!

「我は〈加護〉の力を持ち、我が眼前の敵を打ち砕き、灰燼(かいじん)へと滅しつくす者なり!!　我が〈加護〉を見よ!!　我が〈加護〉の権能を見よ!!　そして、我が〈加護〉の力を心に焼きつけよ!!」

さぁ、出番ですよ先生!!

「ニイイイイイップルッレイッザァァァァァァァァァァァァァァァァァァァァァァァァァァァァァァァ!!」

和名：ちくビーム。

七色のイルミネーションが俺の乳首を中心に迸(ほとばし)り、その一本一本が黒カマキリに降り注ぐ。

そしてそれに同期した衛星からのレーザー照射が黒カマキリを丁寧に貫いていく。

俺の乳首を根元に生まれる虹色のイルミネーションシャワーが黒い絨毯に降り注ぐたびにカマキリ達が絶命する。

マップ上に表示された赤い点が、一秒ごとに数を減らしていく。

おおよそ一分間のイルミネーションシャワーがそのレインボーの流れを止めたとき、黒カマキリ達の命も全て止まっていた。

その信じられない光景に、その美しい光のレインボーシャワーに、川の向こうの死骸の山に、絶句した人々達。

我が乳首から演出されたエレクトリカルパレードに全ての人間、全てのエルフ達が魅入っていた。

「こ、これが特級の〈加護〉の力……あまりに、あまりに強く、美しい……」

アルブレヒトくんがやっとのことで洩らした感想がこれでした。

そして、兵士達、司令官、エルフ、館の仲間達、誰も彼もが絶句し、やがて俺を振り返る。

その見つめる瞳は伝説の英雄を見る憧憬の瞳をしていたのだった。

Q：やりすぎという言葉を僕は知らないのかな？
A：存じ上げております、御免なさい。

単騎で二万からの超硬甲殻型両腕刀剣類こと黒カマキリさんを滅ぼすことは伝説級の偉業だった

御様子。

アルブレヒトくんも一振りで十体殺したんだから二千回振れば良いだけじゃないと尋ねたところ、あの剣は十度も振れば倒れてしまうとのこと。〈加護〉といってもMP的な何かをガリガリと削るのだそうです。

ロッテンマイヤーさんも、あのあと三日ほど寝込んでいました。

メイドコンビも倒れていたので、済まぬことをいたしました。

ますます土下座しなければなりませぬ。


だって、本当はあんな苦労しなくても全滅させられたんだから。


という良心が私を苛(さいな)むので宴会に逃げることにしました。

さて、調子に乗って祝勝会などを開いていた私ども、周囲の砦や城塞都市に救援を求めていたことをうっかり忘れておりました。

装備を整え駆けつけた援軍の皆様方の前で、勝利の祝い酒に溺れておりました。十一歳児が。

時折、自分の身分と年齢を忘れがちになるのが困り物ですね。

それ以前に、誰か止めろよ……特にアルブレヒトくん。


黒カマキリの甲殻は武具などの様々な材料となるそうで城塞都市の方々が二万体を全て運んで行

きました。

幻想世界でもそれなりの価格がつく材料なのだそうだですが、始末をつけたのは俺ということで向こうも文句の口出しをしようもなく、逆に自国の兵を保護されたことに感謝しなければいけない立場。

国境線を越えることを渋々ながらに認められました。

グローセ王国の兵士が国境線を跨ぐのは躊躇(ためら)われるため、森のエルフさん達の協力の下で死骸のお片づけを始め、全てが解決するころには二ヶ月が経過しておりました。

戦争は、戦後処理の方が面倒くさいものなのね。

エルフさん達のなかから、どうかこの娘をあなたの嫁に……と言った話題もなく、寂しく王都への帰路につきます。

あぁ、エルフさん達は背中から抱き締めて俺の国の言葉を囁(ささや)きたいほどの美貌の持ち主達ばかりなのに、今、十一歳であるこの身が憎い。

ちなみにエルフさん達はしばらくの間、ライン川の北、グローセ王国領内の森に留まりたいとのことなので、王子特権で願いの通りにしておきました。

エルフさん達の時間感覚での「しばらく」が百年なのか千年なのかは知りませんが。

南バーゼル砦の兵達もなぜか北バーゼル砦に駐屯し、そのうち一緒に南バーゼル砦を再建するのだそうで実に仲の良いことです。

いったい、国境線とは何なのだろうかと俺は疑問を浮かべるばかりでした。

さて、往路は二人のイケメン兄さまの期待値に打ちのめされた道行きでしたが、復路は英雄としての凱旋です。

堂々と、胸を張って、街へ入って良いのです！　そのために僕は頑張ったのですから!!

街の門をくぐる、そして上がる群集からの歓迎の声！

「キャ――――――――――――ああああ、あ、あぁ??」

黄金の獅子、レオンハルト兄さまは、その金の髪に雄々しい肉体を持ち合わせた輝けるイケメンさまでございました。

月影の聖弓、ジークフリート兄さまは、銀の髪に夜の月を思わせる愁いを帯びた憂愁のイケメンさまでございました。

戦争の英雄、カール俺様は、のっぺりとした凹凸の少ないひらべったい顔の残念さまでございました。

黄色い声が疑問符を付けて尻すぼみに。

期待のハードルが高すぎるとこうなるよね!!

豪華包装のクリスマスプレゼントの中身がのど飴一粒だったら残念だよね!!

フレンドリィファイア!!　フレンドリィファイア!!　イズントゥ!!（友好的な射撃？　じゃねぇよ！）

女性陣の意気消沈に乗せられて、男性陣もどう反応すればよいのか困って口ごもる始末。

け、結局、顔なのですね……。

僕の、努力は、無駄だったのですね……。

「なぁ、フルヘルム」

「駄目です」

最後まで言わせてくれるくらい良いじゃない……。

さらに何の嫌がらせか、往路と復路は別の道、別の街を通るという素晴らしい経路設定。

期待値が上昇した結果、それだけ失望も大きく、僕の心はドナドナで。

喉元過ぎれば熱さを忘れ、美人は三日で飽き、英雄は一週間で忘れられるもののようです。

小隊のなかで厄介な荷物に成り下がった僕は荷馬車で揺られながら王都へ帰るのでした。

「荷馬車がゆ～れ～る～……くすん」

第八話　対岸の火事

お披露目という名の晒し者の旅を終え、王都に戻った僕を待っていたのは群蟲種の侵攻に対する軍事会議でした。

十一歳児を軍事会議に出席させるなよと思いながらも、二万の大軍勢を打ち破った功績を考えれば当然のことでした。

年齢に拘らず、使えるものは使う。

年齢に拘らず、使えない奴は切る。

じつに無情で冷酷な世界でございます。

僕は今、繰り返された友好的な射撃のため傷心中だというのに。


一匹見つけたなら三十匹はいると思え、がスローガンの黒い悪魔Gのごとく、こちらの世界にも似たような格言がございました。

一体見つけたなら百万体はいると思え、が群蟲種のスローガンでございました。

どうやって人類種や幻想種の世界の中央部までバレずに行軍してきたのか不思議でしたが、この世界の人口密度の低さと言う一点を考えれば不思議でも何でもありませんでした。

そしてアルプスの山々は人を拒むが蟲は拒まない。

もともと、現地の生き物を捕食して兵站（へいたん）を必要としない黒い絨毯達です。

さらには、全体を通して一個の意思を持つ知的生命体であることは彼等のスニーキングミッションを容易（たやす）くクリアさせたのでしょう。

アルプス山脈の北からライン川の南の領域を先生のマップで覗（のぞ）いて見れば、二百万を超える黒カマキリさんが戦争こと捕食の時を待ち望んでおりました。長雨で増水傾向にあるライン川は犠牲なしに渡れないようなので、当面はライン川の向こう岸となるグローセ王国に攻め入る気はない模様。

ただ、ライン川の南方、旧スイス圏を治める西ハープスブルク王家の国土は美味しくペロリンチョされるご予定のようで、その鎌を研いでおりました。

ちなみに既に幾十を数える都市や街、それに村々が謝肉祭されているようです。

リヒテンシュタインやチューリッヒと言った懐かしの名を持つ都市や地方が滅ぼされたと知ることには一抹の寂寥（せきりょう）感がありました。

音もなく静かに包囲し、一人たりとも逃さない、狩猟者の高度な連携活動のために、滅ぼされたこと自体が世の中には未だ知られてなかった模様。

なむあみなむあみ。

ちなみにGoodfull先生が数えた結果、二百六十六万以下略の大戦力だそうです。

このなかの黒カマキリさん二万ぽっちを滅ぼして良い気になっていた自分が恥ずかしいですなぁ。

そんな絶望的な数の黒カマキリに対する我が父王君の回答は一つ。

「しばらくは対岸の火事として見守るとしよう」

なんとも無慈悲で合理的で模範的な回答でした。

西ハープスブルク王家とは不可侵条約が結ばれているとはいえ、助けに入る義理は一切ありません。

じつに王族らしい判断でございます。

他国民のために自国民に死ねと言う為政者がいたならば、斬首どころか荒縄で吊るすべきでしょう。

ちなみに斬首が栄誉ある貴族用、荒縄が平民用のお友達です。

害獣の処理は幻想世界の人間の王国である西ハープスブルク王家に頑張ってもらい、それでも足りず、飛び火してくるようなら属国となることを条件に助け舟を出す。これが父王君の決断でした。

冷酷非情かつ素敵な判断でございますね。

レオンハルト兄さまの必殺剣技・太陽戦刃剣は旧世界最大の核融合爆弾ツァーリボンバに指向性を持たせた如きチートな破壊力を持ちます。

ジークフリート兄さまの必滅射術・影牙月天射は影で作られた一本の矢が十万の矢となり空を黒く染めた後に十万の命を等しく貫き滅するエコロジーな技です。

実際、この兄さまのどちらか一人でもいれば黒カマキリさん達を駆逐できる試算なのです。

なので、安心して対岸の火事として見ていられるので、他人の不幸でお茶が美味しいです。


ちなみに、この必殺技の命名はジーク兄さまによって行われました。

うん、やっぱりジーク兄さまはその気がある模様。

これが『英雄譚』ならば自らやその部下が傷つくことを厭（いと）わない自己犠牲の精神のもとに隣国の敵性種族を討伐。

隣国からの大感謝を受け「英雄」として語り継がれるところですが、為政というものは実に冷酷なものでした。

だからこそ、ライン川を越えてエルフや南バーゼルの人々を助けた俺の行動は美談、『英雄譚』として謳（うた）われるのですが、謳われるほどになぜか顔面偏差値によるアップダウン効果の幅が大きくなり、僕の心を荒（すさ）ませるのです。


農村ですら失望されるなんて……。

もう滅べばいいんじゃない？　この世界。


それに西ハープスブルク王家に勝算がない訳でもございません。

西ハープスブルク王国はフランク帝国に忠誠を誓う属国の一つですので、宗主国であるフランク帝国に泣きつけば十分に生存は可能でしょう。それだけの軍事力をフランク帝国は持っていますから。

そして敵の正体も把握出来ているのですから、あとはそれに応じた装備と戦術で臨むだけのことです。

旧世界のスイスは永世中立国として自主独立の道を歩みましたが、幻想世界ではハープスブルク王朝からの独立を勝ち取れなかったようですね。

似ていながら色々と違う世界の歴史は、中々に興味深いものがありました。

あぁ、他人の不幸でお茶が美味しい。


「父上！　すでにリヒテンシュタインやチューリッヒの城塞都市、囲いも持たぬ街々、そして多くの農村などが蝗の群れに蹂躙（じゅうりん）されているというのに黙っていると言うのですか!!　なぜ、我が王国は動かぬのですか!!」

あぁ、生き様が「英雄」のレオンハルト兄さまが義憤を漲（みなぎ）らせております。

他国、他世界のものとはいえ人間が見殺しにされることに憤りを感じてらっしゃるご様子。

このままレオンハルト兄さまが王座に就いたなら正義のために自国民を殺すライオンハートな戦争国家になりそうで怖いです。

「レオンハルトよ、要請もなく他国の領土へ軍を進めたならばそれは侵略行為と呼ばれても致し方のない行動であるぞ？　さらに、我がグローセ王国と西ハープスブルク王国の間には不可侵条約が結ばれているのだ。レオン、条約破りを行えと進言をするつもりか？　余を失望させるでない」

流石父王君、さらりとかわしました。

属国のことは宗主国に任せるに限ります。

黒カマキリさんの発見から二ヶ月、フランク帝国が援軍のための軍団を編制して送りだすにも十分な時間があったことでしょう。

わざわざ我々が痛い目を見る必要はないのです。

「だが、しかし……」

ギリギリと歯を食いしばるその姿もカッコイイのはイケメンだからですね。

あぁ、イケメン補正。イケメン補正。なんとも憎いイケメン補正。

レオ兄さまが悪いわけではありませんが、今だけはそのイケメンが憎いです。

「父王君、ルイーゼ姉さま達を中心とした〈加護〉によるライン川沿いの防御壁の敷設は済んだのでしょうか？」

祝勝会に浮かれていたとはいえ、戦後処理の二ヶ月を棒に振っていたわけではありません。

ちゃんとライン川沿いに硬い防壁の建造と、それに付随した結界の作成、特にコンスタンツの街の守りを重点的に施すようにと手紙を送っておいたのでした。

Goodfull先生のリアルタイムマップと敵性生命体へのマーキングと移動のベクトルを眺めた上での戦略指針です。

黒カマキリ本隊の二百万はリヒテンシュタイン、チューリッヒを謝肉祭して行軍速度を緩めました。

次の侵攻地こと餌場を探るために送られた斥候部隊の一部があの二万の群れだったのでしょう。

全体の方角としては餌の多そうな西へ西へと向かっていますので、このまま人口の多い南西方面に向かい、産業の中心であるベルン、そして王都ジュネーブを順調に陥落させて西ハープスブルク王家領全土を食い破り、そのままフランク帝国に突き進むことになるのでしょう。

しかし、この情報を開示できないのが実にもどかしい。

「うむ、ライン川に沿った防御壁の構築に防護結界の付与も済んでおる。あとは川沿いに監視を配置しすぎて蟲の注意を惹き過ぎないように、というカールの進言通りに少数の監視部隊もつけた。超硬甲殻型両腕刀剣類に適応できる〈加護〉を持った兵のみを抽出した即応打撃部隊の準備も完了しておる」

結界はカマキリさん用に、壁は人間さん用に。

持つものを持たず渡河してきた難民と言うものは、この国にとっては賊になるだけの人達です。

川の向こうに壁が見えていれば、渡河をしようと言う気も起きないでしょう。

どうぞ、ライン川沿いにフランク帝国を目指してください。

「それは重畳。これでグローセ王国領は安全ですね」

にっこり笑い父王君と頷きあう。

二百万の黒カマキリがライン川を渡ろうと試みても、防壁と結界と三級以上の射手の弓矢をもってすれば両兄さまに頼らずとも一方的に撃ち殺せる試算です。

二万の死骸の甲殻から作られた矢が彼等自身に牙を剝きますから、倍率はドンと。

鉄の矢で鋼鉄の壁は貫けませんが、鋼鉄の矢ならば鋼鉄の壁を貫けます。

さらには矢に鍛冶職の〈加護〉が掛けられ、射手もまた〈加護〉を持つなら、一体と言わず五体でも六体、更なる数でも貫くでしょう。それでも足りないのなら、精鋭揃いの即応打撃部隊に叩かせるのみです。

すでに二ヶ月の準備期間の間にグローセ王国の勝利は確保済みなのでした。

戦争は、始まる前に終らせておくものです。

あぁ、他人の不幸でお茶が美味しい。


歓迎するよカマキリさん。こちらは無傷で皆殺しにする用意ができているのだから。

しかしそれでも納得しない御仁が一人。

「カール！　お前はグローセの民だけが無事ならばそれで良いと言うのか!?」

父王君とのやりとりに、レオンハルト兄さまが予想通りの激昂をみせました。

「ではお兄さまは他国の民のためにグローセの民に死ねとおっしゃるのですか？」

レオンハルト兄さまと荒縄とを仲良しにはしたくありません。

諦めるならさっさと諦めてほしいものです。

「そうか……そうだな。カール、お前が正しい……」

ようやく諦めてくれましたか。

「では、グローセの民を傷つけることなく、そして不可侵条約も破ることなく、その上で西ハープスブルク王国の民を助けたい。智恵を貸してくれ!!」

……………………………………ふぇあっっ!?

なんという無茶振り。自由すぎですぞレオンハルト兄さま。

「頼む、カール。武骨な俺にはその手段はわからないが、お前ならわかるんじゃないのか？　頼む、力を貸してくれ!!」

あの優秀極まりない兄が、愚かな弟を頼るなんて……いや、優秀極まりないからこそ自分に不足するものを素直に頼ってくれるのか。

あぁ、性格までイケメンなのか、忌々しい兄貴さまめ。あいも変わらず愛い奴だ。

しかたがない……いつまでも腐っていないで、そろそろ本気で行きますか!!

「グローセ王国領内の守りは通常の兵力のみで十分でしょう。ですから、私とレオンハルト兄さま、そしてジークフリート兄さまはコンスタンツより西ハープスブルク王国領内へ入り西へ向かいます。コンスタンツにはルイーゼ姉さまとシャルロットを置き、確実な退路を確保。そして我々は親善大使として西ハープスブルク王都ジュネーブを目指します。あくまで親善大使として、ですよ？」

シャルロットはその〈加護〉の権能を未だコントロール出来ていないために「兄断ち」という苦行を強いられているのだった。

どうしてそうなったかと言えば、俺が傍にいると一切勉強にならなかったからだ。

そしてそれは「妹断ち」という俺に対する苦行でもあり……父王君が憎い!!

そうなるように仕向けたルイーゼ巨乳姉さまは憎めないので、父王君だけが憎い!!

くそっ、この戦争を利用してなんとかシャルロットの地位を向上させて妹成分を補給せねば！補給せねば!!

「……親善大使、だと？」

レオンハルト兄さまの声に理性を取り戻す。

あぁ、いかん、会議の真っ最中でした。

「ええ、群蟲種の大群が侵攻中だからと言って他国に親善大使を送ってはいけないという決まりはないでしょう？　幸いこちらには保護したエルフ、ならびに南バーゼル砦の兵士達の処遇について相談しなければならないこともありますから使者を送り出す名目があります。さらに現在、西ハープスブルク王国領内には超硬甲殻型……面倒くさいですね、黒カマキリの脅威もありますから、それなりの兵数を連れて親善大使を送ることも許されるでしょう。侵略行為と受けとられないだけの数ですから、三百人ほどになりますが、全てを二級以上の〈加護〉持ちで揃え、レオンハルト兄さまとジークフリート兄さまが共にあれば百万、二百万程度の数の蟲、十分に相手を出来ますでしょう?」

　正確にはレオ兄さま一人で二百万の黒カマキリを殺せそうなものなのだが、それをすると地形と季候が変わってしまうと言う副次的効果があるので、あえて足手まといを付けないと厄介なのだ、この兄は。

「なるほど。父上、ちょっと親善に行って参りますのでご許可いただけますか?」

　この兄、ちょっと隣の家に遊びに行く感覚でさらりと言いよった。

「理屈は通っているが、カール。問題はないのか?」

「問題はないでしょう。長期的に見て東西のハープスブルク王家の力関係が大きく傾くのはグローセ王国にとって悪い影響があるでしょう。それから父王君の言葉に返すようですが、西ハープスブルクが当家を宗主国として宗旨替えを行うようであれば、現在の宗主国であるフランク帝国との間にいらない軋轢(あつれき)を生むことになると思われます。ですので、親善の贈り物として黒カマキリの死体を百万ほど送りつけてやるくらいがちょうど良いところだと思います。そうしないと、まぁ……レオンハルト兄さまが納得しないでしょうし」

　北にはライン川沿いの防御壁が、西からは西ハープスブルク王国軍および宗主国フランク帝国軍との混成軍が、そして東からは人間核兵器レオンハルト兄さまとジークフリート兄さまが追い立てるのだ。

　黒カマキリさんに恨みはないのだが、これも生存競争だと思って諦めて貰(もら)おうじゃないか。

あぁ、他人、いや他カマキリの不幸でお茶が美味しい。

では、出陣前に父王君から適当な親書を受け取りましょう。

親書の内容はこうです。

「前略　お元気ですか？　私は元気です。　草々」

実に簡潔で素晴らしい文章だと思います。

文字の量よりも込められた心こそが人に感動を生み出すのです。

その親書を前に、私の目からは感動で涙がちょちょぎれでした。

さて、そんな戯言（たわごと）はさておき出発しましょうか。

レオ兄さまの性格から、もうこうなることはわかっていたので出国の用意は整っております。

ここでもし理詰めでレオ兄さまを押し留めたなら、今度はジーク兄さまがこっそりと出国して謎の矢傷に貫かれた黒カマキリさんが量産される図が想像に難くありません。

英雄病かなにかなのですか、お二人は。

まったく、王族の務めを忘れてナチュラルに国益を忘れるのだから困ったものです。

俺は愛馬ケルヒャ号に、お目付け役のアルブレヒトくんや館の面々が馬に乗りこむだけで出発の用意が整います。

本命の物資等はコンスタンツで拾えるように手配済みですから身軽な行軍です。

あと、なぜか小隊を構成していた三十名の戦闘要員に五十名の輜重隊の皆様方が私直属の部隊兵の顔をして共に馬に跨っていることが不思議でなりません。君等、僕の家臣団ではないはずなのですが？

細かいことはさておき、早く行動するとしましょう。レオ兄さまが焦れて切れる前に。

「まずはコンスタンツに、そこに三百名の随伴兵が用意されていますから合流しましょう」

「おう、まずはコンスタンツだな！　いくぞっ！」

その一言と共にレオ兄さまが愛馬ティチノを全速で駆る。

兄者！　全力出しちゃらめぇぇぇぇ!!

いや速いって、ケルヒャ号はともかく館の面々がついてこれないってその速さじゃ!!

と、思ったところ、なぜか軽々とついてくる館の仲間達。

え？　なにこれ。〈戦〉の特級加護ってこういうこと？

馬が、馬らしくない速度で走っているのですが？

いったい、いったい時速何キロメートルでているのですか!?

『時速１４２キロメートルになります』

それ馬の速度じゃないよ！　これが本物の特級加護の力か!!

さらに勇気が湧いてきてこの速度でも全く怖くないよ!!

ブレイブハートがバーニングしちゃってるよ!!

我が小隊の面々も闘争本能に火が付いたようで目に炎を宿しております。

料理人のロニーさんに執事のハインツ老、庭師のデニスに至るまで。あなたがた戦闘能力ないはずでしょ!?

結果、ミュンヘン↓コンスタンツ間を西南西に、220キロメートルを一時間半で踏破してしまいました。

この調子で走ったならば、もう一時間半で黒カマキリの本隊に辿り着いてしまいます。

なんと言うチート加護、わたくし、レオ兄さまの人外っぷりを甘く見ておりました。

どうやらこの兄さま、日帰りで黒カマキリを蹴散らして帰ってくるおつもりだったようです。

あぁ、認識があまりにも違いました。

なんちゃって特級の俺基準で考えた私が愚かでございました。


さて、コンスタンツと言えばグローセ王国の国境線を兼ねた城塞都市、そこに颯爽(さっそう)と現れる黄金の髪を持つ輝ける獅子の王子!!

大スターの突然のゲリラ出現に民衆の、特に女性達が黄色い声をキャーキャーと喚(わめ)き散らします。

ところで、みなさんは『蒸発現象』という言葉を知っていますか?

車のヘッドライトと歩行者の位置関係によって、歩行者が見えなくなってしまう危険な現象です。

身の程知らず、いや身の程を知り尽くした私はライトの影に隠れるとしましょう。

まぁ、T・A・M・Sくんの光学迷彩のことなんですけどね。

私、のっぺりーの男爵は未だに街恐怖症なのですよ。

そんなこんなでコンスタンツの永代貴族の城塞の一角を借りて作戦会議の始まりです。

流石は国境周辺の都市、広域の地図もあり会議が進めやすくて助かります。

先にコンスタンツに入っていたルイーゼ十六歳巨乳姉さまとジークフリート厨二兄さま、そして我が愛し(いと)の、

「にぃいいいいいいいいいィいいいいいいいいいいいいちゃぁぁぁぁぁぁぁぁぁぁぁぁぁぁぁんんんんんんんっっっっ!!!」

「ごふぁっ!!」

およそ半年振りとなるシャルロットの人間弾頭はT・A・M・S(タクティカルアーマードマッスルスーツ)の防御装甲を軽く貫き、そのベアハッグでアバラ骨がポキポキと快音を立てながら折れていきます。

だが我が友T・A・M・Sも負けじと自動医療装置を作動!!　折れては繋ぎ、折れては繋ぎ、T・A・M・Sよ俺の命を繋ぐのは君だけだ頑張れ!!　もの凄く痛いけれども!!

泣きたい!!　いや、もう泣いてる!!　にぃちゃんもう泣いてるから!!

「にーちゃんも泣くほど嬉しかったんだね!?　シャルロットも会えなくて寂しかったんだよ！　シャルロットも泣いて良い？　泣いていいよね？」

ベアなハッグがさらに強まる。この細腕に14万馬力の出力が負けるだとっ!?　シャルロットの〈加護〉に筋力を増強する〈加護〉はなかったはずだ!?　いや、〈愛〉か、〈愛〉の加護が全てを可能としているのか!?　〈愛〉は地球を救うものなぁぁぁぁぁぁっ!!

「にーちゃん、にーちゃん、にーちゃん、にーちゃん、にーちゃん、にーーーーーーちゃぁぁぁぁぁん!!!」

シャルロットの愛が高まるほどに、にぃちゃんの命の灯火（ともしび）が消えかけようとしております。

愛が、人を殺してしまう、そんなこともあるのですね……。

「シャルロット、いい加減にしておかないとカールが死んでしまいますわよ？」

ルイーゼ巨乳姉さま、相変わらずフォローがかなり遅いです。

T・A・M・Sくんがなければ普通に死んでしまっておりますよ？

いや、ルイーゼ巨乳姉さまは〈生命〉の特級加護の持ち主。

ちょっと上半身と下半身が生き別れの兄弟になったくらいならどうにでもできるのでは？

恐るべし特級加護。

さて、五人の兄弟姉妹が久しく一堂に集まったこの会議室。

懐かしの空気、俺が十歳を迎える前のあの温かな空気が戻ってきたように思います。

約一名、シャルロットの愛が重く、とても重くなりつつはありますが。

愛は地球より重いのです。

「で、では、作戦……会議を、始め、ましょう……」

俺の命が尽きる前に。

第九話　グローセ王家総力戦マイナス父上・前編

広域地図を広げ、まず、敵性戦力の配置を確認します。

「では、現在判明している敵集団の位置を……」

「大きな集団はここだ、それと、小さめな集団がココとココとココ、あとはココだな。他には斥候として小集団が三十箇所ほどに散らばっている。個体で動いている蟲もいるな」

はい？　脳筋だったはずのレオ兄さまが、唐突に地図上へ黒カマキリ達の駒を置いていきます。

「え？　レオンハルト兄さま？　どうしてわかるのですか？」

俺が質問するとレオ兄さまは天井を指差した。

なので天井を見上げる。

木目が美しいですね。

「太陽が見ているからだ。俺には蟲の位置がわかる。そして蟲が行ってきた殺戮(さつりく)行為も見てきた。だから、これ以上は見逃せないっ!!」

あぁ、そういうチート能力もお持ちなのですか。

そして、だからこんなにも必死の想いを抱えてらっしゃったのですね。

ずっと黒カマキリさんの捕食風景を眺めてらっしゃったのですか……。

確かに駒の位置はGoodfull先生のマップ情報とほぼ正確に一致しております。

ジークフリート兄さまも頷いているあたり、月を通して蟲の位置を把握してらっしゃったご様子。

ううう、俺のアドバンテージがガリガリと削られていく……最強は、最強は先生のはずなのに。

斥候の位置、本隊の移動ベクトルから考えるとチューリッヒから南西に、南側の山地を迂回してベルンを経由し、そして王都のジュネーブ方向へ、カマキリさん達は食道楽の旅路を歩む模様。

それは西ハープスブルク王国側も理解している様子で、民間人はジュネーブ方面に逃がし、ベルン近郊の城塞に兵を集めて決戦を仕掛けるおつもりのようです。

ですが黒カマキリもさるもの、その動きを見切り、南北の山あいに斥候を兼ねた伏兵を進ませており、いざ決戦となればベルン、ジュネーブ間を分断、そのまま巨大な包囲陣を敷いて個々の城塞を各個に殲滅（せんめつ）。あとは守備兵力を完全に消失した王都ジュネーブをパックンチョ。

蟲の頭に負けてどうするよ人間様。

「兄さま、姉さま、差し出がましいようですが、私が全軍の指揮を執らせていただいてもよろしいでしょうか？　レオンハルト兄さまは前線の指揮官ならびに戦力として、ジークフリート兄さまには後詰が、ルイーゼ姉さまにはここコンスタンツの守備と、皆には役割がありますので、唯一戦力とならぬ私が全軍の情報を統括し行軍の指示を出させていただきたく思います」

年少の弟が全軍の司令官に着任する。

そんな有りえない申し出なのだが、

「おう、細かいことは任せた」

「ふふっ、弟の成長を見るのは嬉しいものですね。自ら進んで雑事を引き受けてくれるとは」

「私はそういった細かいこと苦手だからカールに任せるわね」

「にーちゃん、私は？　ねぇ、私は？」

あぁ、〈加護〉に関係しないことは雑事としか考えず、細かな作業が苦手な血族でした。

総兵数は非戦闘員を含めて四百名あまり。

ただし人間核弾頭が二匹に衛星からの援護射撃もあり、逐次、敵の位置情報が把握出来ております。

チートだなぁ、チート以外のなにものでもないが、生存競争に綺麗も汚いもないのですよ？

公平な戦争？　なんですかそれ？

では黒カマキリさん、さようなら。わが王家の憂さ晴らしとなってくださいまし。

「にーちゃん!!　ねぇ、私は!?」

◆　◆

シャルロットには天候を操作してもらい、太陽と月の目が曇らないよう〈加護〉で戦域全体の雲を散らしてもらいました。

その権能の全体像が未だ不明なので戦力として期待してはいけない、という建前でコンスタンツにてお留守番です。

もちろん、シャルロットは怒りのベアハッグと麗しの上目遣いに乙女の涙、という武器をもって抗議を申し立ててきたのですが、にぃちゃんはシャルロットの手を血で汚したくはないのです。なので血の涙を流し吐血をしながらの必死（文字通り）の説得を用いて、なんとか納得していただきました。

しかし、天候操作って、一年雨が降らなきゃ国を滅ぼせるぞチート妹よ。

だが、可愛いので許します。国を滅ぼすほど可愛いのですから仕方がありません。シャルロットに愛されない国は滅べばいいのです。

こうしたやり取りを経てコンスタンツを出発した我等チート軍団はまず大本営となる軍司令部をチューリッヒ近郊に構えます。

ロッテンマイヤーさんの〈加護〉で豪華な館が一時間もせずに立ち並んでいく姿は壮観です。

この地は黒カマキリさんにとっては「既に食らい尽くした場所」なので、斥候に見つかる心配もなく安心です。

「一度砲弾の落ちた窪みは安全だ」に倣ったわけではないのですけれどもね。

近くには未だ煙が燻る（くすぶ）チューリッヒの城塞都市が見えて気分を鬱にしますが、兵士諸君にとっては逆に士気を高める一因になるようでした。

久しぶりのカルチャーギャップ。

一応、生き残りを捜してはみたのですが、黒カマキリさんは実に念入りに餌を求めたのか、老いも若きも男も女も、人も家畜も、等しく捕食されておりました。血の染みと細かな肉片、あと黒カマキリさんが孵化(ふか)したと思われる卵の跡を発見。うわぁいエイリ◯ン。

勝利するごとに数を増やす。黒い悪魔Gよりも厄介な生き物です。

血と肉の有機物を捕食しながら鋼鉄を身に纏(まと)うその生態に謎が残りますが、世界で最も硬い物質は炭素の塊なのだからと気にしないことにしておきましょう。

軍司令部の設営が終った頃には日が傾いておりましたので、レオ兄さまの出番は終了でございます。

太陽の王子は宵闇に弱いのです。お疲れ様でした。

「なぁ、カール。蟲の一番大きな集団に突っ込んで皆殺しにしちまった方が楽だったんじゃないか？」

「それをすると斥候かつ伏兵として分裂している小集団が個々のコロニーとなり四方八方に散り散りに逃げ出してしまいます。そうなれば、むしろ手に負えなくなりますから駄目です。それにここはあくまで他国領なのですから、四方八方に兄さまが暴れ回るわけにも参りませんでしょう？」

あぁ、なんだかアルブレヒトくんの気持ちがわかってきたような気がする。

無茶ばかりしようとする主をなんとか引きとめようとする気苦労とはこういうものだったのですね。

ごめんよアルブレヒトくん。

「そうか、そうだな。ここは西ハープスブルク王家の領内だったか。忘れてたぜ」

「うん、どうか忘れないでお兄さま。あと親善大使として親書を渡しにきただけだってこともね」

「あぁ、親書……どこにやったかな？」

いやだぁぁぁぁぁ!!

ここにきて輝かしいレオ兄さまの駄目な所ばかりが目に入ってくるよぉ。あのカッコイイ兄貴は今どこに？

女子ならばそのアバウトさにもイケメン補正で母性本能をキュンとさせるのでしょうが、残念なことにワタクシは男性です。

なので、イラッとしかしません。

「では、私はこれからジーク兄さまと共に近場の斥候を潰してまいりますので、レオ兄さまはお休みになってください」

「え？　一番槍は俺だろ？　カール、それはないいんじゃないか？」

ううう、自らが暴れることしか考えてないよこの兄。

「斥候同士の戦いですから決戦というわけではありません。ですから、一番槍とは関係のない戦いですので安心してお休みになっていてくださいまでございます。」

「そうか、わかった。俺は寝るぞ」

扱いやすいのか、扱いづらいのか、微妙なレオ兄さまでございます。

さて次は「月影の聖弓」ことジークフリート兄さまのチート能力の出番です。

一射で十万を屠ると伝えられるその弓の技、あれ？　二十射すれば戦争終っちゃう？

いやいや、〈加護〉を使うにはMP的なものが削れるのだからそこまでの連射は出来ないはず。

一日一射の制限付きとかそのくらいのものでしょう。

そうであって欲しいと信じておきます。自分でも全く信じてませんが。

「では、ジーク兄さま、チューリッヒの南東、ゼンティス山付近に群がっている小集団から殲滅するとしましょう。彼等にこちらの本陣を発見されると厄介です」

俺は南東のゼンティス山の方角を指差しながらこれからの行動について伝える。

「そうだね。こちらが見つかる前に敵の目を潰してしまうのは実に合理的な考えだ。わかったよ。私の弓と矢で、忌まわしい蟲達を貫き屠ってやろうじゃないか」

ジーク兄さまはそう口にすると、自らの影から矢を一本取り出して南東へ向けて弓を引き絞り、そして一射なさいました。

マップ情報を見ると、ゼンティス山に群がる十万を超えていた赤い点が一斉に数を減らします、数千までに。

ちょっと待って、ジーク兄さま、ここらからゼンティス山まで１００キロメートル近くあるのですが？

「ちょっと矢の数が足りなかったね。もう一射しよう」

「いやいやいやいや、待って待って待って。ジーク兄さま待ってぇぇぇぇぇ!!」

いけない、ジーク兄さまのチート性能を見くびっておりました。

このままでは味方の高性能のために私の悪巧みが潰されてしまいます。

アルプス山脈内にはドワーフの地下王国がありゼンティス山にはその入り口があるのですが、ドワーフとグローセ王国の間に今のところ国交はなく、この群蟲種の一件を通して恩着せがましい国交を開始する予定が今の一射で台なしに？

いやいや待て待て、まだ間に合う。

「レオ兄さま起きてぇぇぇぇぇぇぇぇ!!」


寝付いたばかりで眠たそうな精鋭から二百名を連れ、レオ兄さまの〈戦〉の加護を用いて時速100キロメートル超えの高機動行軍を開始。〈戦〉の加護が掛かると眠気が吹き飛んだのか皆がナチュラルハイになりました。これはこれで一周して心配な状況です。

幻想世界には複数の知的生命体がいて、複数の王国が重なり合うように存在します。

西ハープスブルク王家の領内でありながらドワーフ王国の領土であったり、エルフ族の領域であるなんてことはざらなのです。そして、国交を結ぶ相手は人間に限る必要はないのでした。

国境線とはあくまで人間と人間の間にある約束でしかありません。

事実、『人類種』の領域であるグローセ王国内にも『幻想種』の亜人コロニーは多数存在します。

ジーク兄さまの〈月〉の加護のおかげで夜道も昼の街道のように、結果、一時間と掛からずに黒カマキリさん達の集団とご対面と相成りました。チートが二倍で安心安全ですなぁ。

「レオンハルト兄さま、それではお約束の一番槍をどうぞ」

一番槍ではなく剣なのですが、レオ兄さまが剣を一振りすると放射状に広がった剣圧が前方の黒カマキリさん達をノシイカに変えてしまいます。

夜間は太陽の加護による索敵が利かないためか、あまり効果的に力を振るえていないご様子。

それでも続くジーク兄さまの影牙月天射（命名：ジーク兄さま）の一射が降り終えると地上に残った黒カマキリさんは殲滅完了。

ジーク兄さまが一仕事終えた顔をしておりますが、本当の仕事はここからですよ？

太陽と月の目が届かない、ドワーフの地下王国へ入り込んだ黒カマキリ達は未だ千以上を数えておりドワーフの軍勢と戦闘は継続中です。


狭い坑道を上手く利用したのか、よくあの鋼鉄の黒カマキリを相手に戦ってきたものだ。

ドワーフの戦士達は血に塗（まみ）れながら、それでも一進一退の攻防を繰り返しております。

エルフとは違い、鋼鉄の武器と膂力（りょりょく）にものを言わせたその戦い方は相性が良かったのでしょうな。

五分と五分の戦いを見せています。

流石は先生の３Ｄマップ、太陽よりも月よりも、確かな目を持ってらっしゃる。

「レオ兄さま、ジーク兄さま、戦闘はまだ終わりではありません」

そう口にした俺に対してジーク兄さまが首を傾げた。

たしかにジーク兄さまの索敵能力では坑道内の黒カマキリは見えませんから終った気になっていたのでしょう。

「ゼンティス山にはドワーフの地下王国に続く坑道があり、いまもなお、坑道内では戦闘が続いていることでしょう。これの殲滅をもって初めて勝利となります。太陽と月の目から隠れたところにある民であるからと言って見捨てるお二人ではないでしょう？」

ふふふ、勝った！　Goodfull先生の索敵能力の方が上だと証明されたぞ!!

索敵のアドバンテージ、ふっかぁぁぁぁぁぁぁっ!!

やっぱり凄いのはGoodfull先生だよ！　先生こそが最強だよ!!

『私の索敵能力は地上地下に宇宙、たとえマントル層の下であっても圏内です。使用時間が限られたり、雲などの遮蔽物などで使用不可となる半端なサービスと一緒にしないでください』

そうです！　先生こそが最高なのです!!

さぁ、一振り十殺の精鋭揃いが二百名、さらに〈戦〉の加護がつき、レオ兄さまが先頭を行くのですからもはや負けようのない、傷付きようのない、一方的な残酷な狩猟の時間でございます。

ぐらぁぁぁぁぁんぎにょぉぉぉぉぉる!!

千以上の黒カマキリ？

我が兄さま方を殺したいのならその万倍もってくるのだな!!　それでも足りないけどねっ!!

一方的な殺戮、一方的な惨殺、一方的な射殺、じつに気持ちの良いものです。

全ての戦闘行為とはこうありたいものです。

復讐は何も生まない？　いえ、実に気持ちの良いものですよ？　チューリッヒの惨状を見たあとでは特に。

坑道の内部は分岐したり合流したりを繰り返し、迷路のように入り組んでいましたが流石は先生、Goodfullロケーターサービスでもって俺にしか見えない光のラインを使い最短最速のナビゲート。

あとはレオ兄さまをその道へと誘導するだけの簡単なお仕事です。

ふふふ、先生は流石ですなぁ。

『お褒めにあずかり光栄です』


間断なく攻め入ってくる終わりの見えない黒カマキリの群れの後方から、黄金の獅子がその剣で軽く薙(な)ぎ払いつつ自分達へ向かってくる姿にドワーフ達はなにを見たのでしょう？

最後の黒カマキリをレオ兄さまが斬り伏せた時、最前線に立っていたドワーフの将と思われる人物が膝をつき、王に対する敬意を表します。そして続いて他のドワーフの戦士達も膝をつきました。

黄金の獅子を前にした実に美しい光景。

俺が先頭に立っていなくて本当に良かったです。

「他にも敵はあるか？　俺が、手を貸すぞ？」

「はっ、こちらの坑道にて未だ蟲が残っておりますゆえ、案内させていただきます」

あぁ、威風堂々、王の威厳とは素晴らしいものですね。

異国の将兵をも自らの部下として扱い、異国の王を自らの主として崇めさせてしまう、種族の差すら乗り越えて主従を誓わせてしまうカリスマ性能。

実に素晴らしいものですね。仕事が楽で良いです。

心情的にレオンハルト兄さまの軍門に降ったドワーフ達にも〈戦〉の加護は及ぶようになったようで、一進一退の攻防が一方的な蹂躙戦に、小一時間も掛からずにゼンティス山の殲滅戦は終ったのでした。

そして、皆様がお楽しみの事後処理の時間が始まります。

さーて、誰が戦後処理の雑務を行うのでしょう？

ははは、レオ兄さまは実に自由でらっしゃる。

「眠い。寝る」

「私は本陣に戻るとしよう。あまり長く空けておくわけにもいかないだろう？」

ははは、ジーク兄さまめ、雑務から逃げおったわ。

ちくしょうめ。やはり俺か。

坑道の壁に背中を預けて堂々と寝入ったレオ兄さまにうろたえるドワーフの将校と楽しいお取引

の時間となりました。

精鋭兵の二百名にも睡眠を命じます。どうせレオ兄さまが起きないと行動できないのですから。まずは、こちらの軍勢がどれほどの武力を有しているのか、これを確認していただくために坑道の外にドワーフの将軍様をお連れいたしましょう。

ずっと坑道の中で血なまぐさい空気を吸い続けていたのです、外の空気は美味しいでしょう？

でも、十万余の黒カマキリの骸が周囲一帯に転がっていますから、血臭はあまり変わらないと思いますけどね？

「これは、あの御方が？」

「そうですね、まぁ大体はそうだと思っていただいて構いません。我が兄の名は黄金の獅子ことレオンハルト・フリードリッヒ・フォン・グローセ、グローセ王家の第一王子です。ちなみに私は第三王子のカールと申します」

ごめん、ジーク兄さま。説明がめんどくさいので飛ばします。

逃げたし、あなた。

「グローセ王家……なぜ、我等ドワーフを助けに？」

「人が人を助けるのに、そんなに深い理由が必要ですか？　兄はそういった方です。この場合は人がドワーフを、ですが、そういった細かなことに拘（こだわ）る人ではありませんから」

そう告げて俺は笑う。

ええ、本当に細かなことに拘ってくれない人なんですよ。怒りを覚えるほどに。

「この山の入り口はこうして守られましたが、他山からの侵略もあるのではないですか？　遠慮することなくおっしゃってください。我等は勝手に戦わせていただきますので」

ただより高いものはない。

実に良い言葉です。

ドワーフの将軍様ことドーガは渋い顔をしつつ、それから黒カマキリの死骸の山を見下ろし、そして地図上の数箇所の山を指差した。王国の入り口は機密事項なのだ。

人間同士の争いにドワーフは干渉しないし、ドワーフの争いに人間は干渉しない、その不文律が横たわりながらも、群蟲という脅威を前にして心が弱っていたのかもしれない。

山の位置的に考えて、おそらく俺がバーゼルで戦っていた頃より以前から戦闘は始まり、そして途切れることのない黒カマキリの波に抗い続けてきたのだ。

三ヶ月、それとももっと長くだろうか？

よく耐え切ったものです。ここは素直に賞賛しましょう。

ドーガ将軍が示した地図上の地点には確かに十万単位の黒カマキリが群れを作っており、そこでは未だ終わりの見えない戦いを強いられているのでしょう。

人間の国とドワーフの国、両王国を相手に二正面作戦を展開するとは黒カマキリさん達もずいぶんと余裕をかましてくれるじゃありませんか。

群蟲種にとってドワーフと人間の区別が付かないのかもしれませんが。

さて、ではこちらは二正面作戦ならぬ挟撃戦と参りましょう。

内からはレオ兄さまが、外からはジーク兄さまが、二大チートを相手に黒カマキリさん達にデッドリーなダンスを踊ってもらうとしましょう。

そして俺は高みから、衛星軌道よりもさらに高い四次元時空の外の高次元から見物させてもらうことにします。

「この山の周囲の安全は確保されましたから、レオ兄さま達が目覚められたなら地下坑道内を通って他の戦線への応援に駆けつけてください。これは私が指図することではありませんが貴方やレオ兄さま達が向かうことで他のドワーフ達にも希望の光が灯されることになるでしょう?」

ドーガ将軍は俺の言葉に素直に頷いた。これで一つ目の細工は流々です。

さて、雑務から逃げて本陣まで逃げきった気になっているジーク兄さまを捕まえてもう一仕事のお時間です。

まずは愛馬ケルヒャ号の最高速度と先生のロケーターサービスを用いてジーク兄の首根っこを確保、そして引きずりながら他の山々に群がる黒カマキリ達を適度に、それぞれ数千程度を残して影牙月天射で狩ってもらいます。

「カール?　なぜ、全滅させずにわざわざ蟲を残すのかな?」

「全滅させるとレオ兄さまが怒るからですよ」

「なるほどね。それは確かに怒られそうだ」

兄弟間ならではの納得の行く答えに満足していただけた様子。

ここまでお膳立てしておけばレオ兄さまや精鋭達にとって何の危険もないはずです。

退かず、媚びず、省みない黒カマキリさん達は果敢にも未だに玉砕覚悟の突入を継続していますが、眠れる黄金の獅子さんが、明日の朝には目覚めて残党を駆逐してくれることでしょう。

連戦するごとにドワーフ達がレオ兄さまに敬服し、〈戦〉の加護を帯びたドワーフの数を増していきますから、後半になるほど容易くなるはずです。

そうしてドワーフの地下王国内から黒カマキリを駆逐したあとには、レオ兄さまも本陣へ戻ってきてくれることでしょう。

子供じゃないんだから。

第十話　グローセ王家総力戦マイナス父上・中編

お家に帰ってこない、でっかい子供がいました。

義によりて立ち上がりドワーフ王国を守護せし黄金の獅子、戦の神に愛されし子、偉大なる英雄レオンハルトを奉りあげる祝勝会が開かれ、精鋭二百名の兵士達と共に酔いつぶれておりました。

そして現在、十一歳児の冷たい瞳が黄土色の子猫を見下げております。

地下王国から黒カマキリを駆逐し、ドワーフ王国が群蟲種の脅威から解放されてから五日、未だに続く酒宴の席に怒れる十一歳児が到着しました。


「お兄さまに確認をしたいことがあるのですが、我々の目的は何でございましたでしょうか？」

「……が、害獣駆除？」

「そうですね、とてもよい詩的情緒溢れる表現です。ところで、その害獣駆除はもう終わりを迎えたのでしょうか？」

「……ま、まだです」

「ですよね、これからが本番という時に、酒を飲み、酔いつぶれている兄を見て、弟であるこの私はどんな言葉を掛ければ良いと思いますか？」

「……わ、わかりません」

「そうですか、レオ兄さまにもわかりませんか。私もわからなくて困っているんですよ。この大事な時期に五日間も本陣を空けっ放しにした無責任極まる兄、そして兵士達二百名に掛けるべき言葉がっ!!」

じつは、ずっと先生の視点で観察をしておりました。

一日目は許しました。

ええ、ドワーフ達が長い長い苦しみをようやく乗り越えた、その祝いの日なのですから。

二日目も許しました。

酒宴への参加、これも一つの外交、ドワーフ王と酒を飲み交わすレオ兄さまの外交手腕はとてもよいものでした。

三日目には青筋が立ちました。

なんでしょう、彼等は自分達の立場を忘れているのではないかと思えるようになりました。

四日目には諦めました。

あぁ、こいつら、ぜったい仕事を忘れてやがる。

そして五日目、怒れる十一歳児の前で黄金の獅子が子猫のように腹を見せる次第となりました。

「帰りますよ」

「いや、今は酒が入ってて馬はちょっと……」

「帰り！　ますよっ!!」

レオ兄さまの耳を摑み、地下王国から引きずりだして馬に乗せます。

酔いどれでも〈戦〉の加護は働くらしく、時速１００キロメートル超えの乗馬に揃って嘔吐を繰り返しながら帰還は叶ったのでした。


さて、レオ兄さま不在の五日間。

なにごともなかったわけではなく、出来る範囲での斥候狩りをジーク兄さまと共に行っておりました。

便利ですね影牙月天射。射程１００キロメートルの可動砲台は人目につかず便利です。

その狩りの過程で運良く群蟲の行軍から逃げられた人間はもちろん、ゴブリン、オークなどの亜人すらも保護対象として本陣に招いた結果、ロッテンマイヤーさんが激オコとなりました。

立ち並ぶ豪華な屋敷に住まうは小汚いゴブリンやオーク達。

館を使われることではなく、その汚い使い方に激オコだったそうです。

行水や風呂という文化を広めることは実に苦労しました。

Goodfull先生の翻訳機能がなければ挫折していたところです。

だって、僕以外、言葉通じないんだもの。

ゴブリン等の野生児っぽい亜人達にドイツ語は通じませんでした。

エルフ、ドワーフ、ゴブリン、オーク、オーガ、各種の亜人達が今回の群蟲行軍の戦災被害にあったようで、本陣は軍司令部というよりも人種の坩堝と言う体裁。同病相憐れむのか、あるいは、腹さえ膨れれば喧嘩はしないのか、亜人の間に争いらしい争いが起きなかったことは幸いです。

〈料理〉の一級加護持ちのロニーさんの力が大きかった気もします。

腹が膨れてしまえば喧嘩は出来ないものですからね。

〈薬〉の一級加護持ちが手を加えれば雑草が万能薬になるように、〈料理〉の一級加護持ちが手を加えれば材料がなんであれ絶品料理になるのですから便利なものです。

そして硬い外殻を持つ黒カマキリさんの内側には柔らかな肉と内臓が詰まっておりました。あとハリガネムシも稀に。

ロニーさんの心に少々深い傷を残した気がしますが、気のせいでしょう。

そして僕は普通の食材の普通の料理ですませましたよ。

お忙しいロニーさんの手を煩わせるなんて、とてもとても。


そして、この五日でもっとも驚きの客人は雌のドラゴンの姐さんでした。

自ら産んだ卵から離れることが出来ないために黒カマキリの軍勢から逃れられず、そして数の暴力により不覚をとって卵を割られ子を失い、復讐の炎に身を焦がしながら黒カマキリと争い血を流し続けること幾十時間。ついに自らが倒れる時が来たと悟ったとき、夜空が星をなくしたかと思うと影の矢に貫かれ死に絶える黒カマキリ達の姿。

そして死にぞこなってしまった彼女は捜したそうです、自らの命の恩人を。

矢の匂いを辿り、見つけ出されたのがジークフリート兄さま。

以来、雌ドラゴンからの恋の猛アタック（物理を含む）を受けるジークフリート兄さま。

いやぁ、イケメンって羨ましいですね。

ドラゴンすら夢中にさせるとは流石ですね。

竜殺しの英雄の名を持つお兄さまにお似合いのお相手だと思います。

幻想世界でのヒエラルキーの頂点であるドラゴン様をお迎えして以来、本陣の管理はさらに簡単になりました。

ドラゴンの姐さんが一言「ジークフリート様に迷惑を掛けた奴は、食い殺す」と明言なさって以来、みんな大人しいものです。

女性の年齢について語るのは気が引けるのですが、長い年月を生きてきただけあって英語、ドイツ語、フランス語にゴブリン語やオーク語など多くの言語も嗜（たしな）まれるマルチリンガルの超才女さまでございました。


「……なんだこれ」

そして今、混沌とした我が軍営でレオ兄さまと精鋭二百名が絶句しております。

戦災の被害者を先生の協力のもとに捜し出して集めた結果、四百余名だった本陣はなぜか幾千を超える大所帯に。

人種差別はよくないの精神の下、言葉の通じる知的生命体ならなんでも来いと集めた結果がこれでした。

異国の民を助けたいと言ったのですから本望でしょう？　レオ兄さま。

「腹が減っただろう？　食わせてやる、だから付いてこい」

実にスマートな俺の交渉能力を発揮して集めた我が亜人軍団は圧倒的ですね。

さらに亜人達はそれぞれのネットワークを通じて仲間を集めてきたようで、誘った覚えのない亜人達も多いのが困りものです。

鼠算って怖いですね。たぶん、明日にはもっと増えてる。

食材には事欠かないのですが料理人のロニーさんの体調が心配です。

精神の心配？　ロニーさん、一周して何かに目覚めたようなので大丈夫ですよ、そこのところは。

「蟲の美しさがわかった、それは内臓にある」とか述べていましたので。

生態系を軒並み破壊された者達にとって、この地は最後の希望の砦にでも見えたのでしょうね。

各種亜人達が夏の虫のように飛んできます。あ、丘巨人（ヒルジャイアント）さんも来たんだ。

これはコレクター魂に火が付きましたので、一帯の亜人を一通りコンプリートしておきたいところです。

ちなみに街中で調子に乗った亜人達は宣言通り「姐さん」の滋養となったため、街の規律は実にしっかりと守られたままです。

力こそ正義です。良い時代なのです。パワー・イズ・ジャスティス!!

軍人は軍規に縛られますが、亜人を縛るのは姐さんの気分です。

そして姐さんの気分を縛るのはジークフリート兄さまなので、この本陣における亜人の頂点はジーク兄さまなのでした。

あまりに羨ましいので亜人に関する一切はジーク兄さまに押し付けることにしておきましょう。

なんだか泣いて叫んでいた気もしますが幻聴ですね、きっと。

ちなみに、ドラゴンと人間の間にも子供は作れるそうですよ。生命の神秘ですね。

いったいどうするというのでしょう？

それはアダルトコンテンツにあたるので十一歳児の僕にはちょっとわからないお話でした。


というわけで五日間もお家を留守にした放蕩息子の感想は無視して軍司令部へと戻ります。

さて、二日酔いか五日酔いかは知りませんが蒼褪めた顔のレオ兄さまを酷使して現在の黒カマキリの配置図を完成させます。

西ハープスブルク王国軍はチューリッヒからジュネーブまでの交通の要所であるベルンを決戦の地として選んだようです。なぜ、道なき道を踏破する生き物を人間の軍隊基準で考えるかな？　いや、それとも、賢いからこその選択か？

黒カマキリさんは包囲殲滅こと包囲捕食の準備を整えたようで、包囲のなかに自ら飛び込んできている餌の数が満ちるまで行軍を停止させて生暖かい目で眺めている御様子。

彼を知り、己を知ればほにゃららら。

孫子と先生のありがたみがよくわかります。

西ハープスブルク王国軍は黒カマキリを知らず、黒カマキリは我等を知らず、我等は全てを知っている。

戦争は始まる前に終らせておくものですな。

黒カマキリくんもそこのところはわかってらっしゃるようなので、一度は酒を酌み交わしたいものですね。

ただし、あの世でな。


そして八日目。事件は起こりました。

ドラゴンの姐さんの元旦那さんがやってきたのです。

「あんたとは一夜限りの関係だったのよ!!」

そりゃそうでしょう。

種付けの一回限りの関係だったんでしょう。

「だが、俺はお前を愛しているんだ。そしてお前も俺を愛してる……だからお前は俺の子を産んでくれたのだろう？　あの日の俺とお前の間には愛があったはずだ!!」

その残酷な言葉は姐さんの心を深く傷つけた。

あぁ、姐さんの瞳が悲しみに濡れている……ような気がする。

「……あんたとの子供なら……死んじまったよ」

姐さんが搾り出すような声で、悲しい言葉を紡ぐ。

それは後悔しても後悔しきれない、残酷な記憶。

「……なんだって。そんな、馬鹿な話……」

元旦那さんがうろたえて後ずさり、背後の建物に背を寄せる。

街を壊さないでください。

「あの蟲だよ。あの黒い蟲の連中が襲ってきたのさ!! アタシだって必死になって守ったよ!! でも、あいつ等は、あいつ等は……」

「そうか……そうだったのか……」

二頭のドラゴンの間に哀愁が漂っている。

元旦那さんのなかでは慰めの言葉さえ浮かばないのだろう。

子供を失った母親にかけられる言葉なんて、誰も持ってはいないのだ。

「アタシはあの時、死ぬ気だった。一匹でも多くの蟲を道連れにして死ぬ気だったんだ。だけど、そこにジークフリート様が颯爽とした姿で現れたのさ。そして万の数の蟲を一撃で滅ぼしたんだ。そうしてアタシは……死にぞこなっちまったのさ……」

いや、その場にジーク兄さまはいなかったはずですけどね。

100キロメートル近い距離からの遠距離射撃ばかりでしたから。

「アタシは、あのとき、一度死んだのさ。そして、残った命はジークフリート様に捧げようと決めたんだ。本音を言えばあんたを愛してないわけじゃない。でもね、アタシは決めたんだよ。ジークフリート様のために生きて、そして死のうってね」

二頭の間に、僅かな静寂が訪れた。

そうして、元旦那が笑顔（だと思う）を見せて語りだす。

「そうか、ドラゴンとして主を決めちまったのか。それじゃあしかたねぇなぁ。しかたねぇよなぁ……」

あぁ、元旦那さんが上を向いて涙が流れないように堪えてる。

あんた男だよ。あんたは確かに男だよ!!

「これから、蟲の連中とやりあうんだろう？　じゃあ、俺にも手伝わせてくれよ。俺の子供の仇……なんだからさ」

それはとても優しい、男の言葉だった。

愛を失い、それでもまだ彼女のために立ち上がる、優しい男の言葉だった。

「そうだったね、あんたは昔から優しい男だったよ。……わかった、力、貸してもらうよ。遠慮なくねっ!!」

「あぁ、俺とお前の間だ。遠慮なんかするんじゃねぇよ!!」

そうして何とも言えない微妙な笑顔を交わしあわせる二頭のドラゴン。

旧知の友でもあり、過去には恋人でもあった、二頭の間の微妙な空気は子供の僕には言葉にし難い不思議なものでした。

昼ドラ？　昼ドラゴン？

あ、ちなみに全ての会話はドラゴン語で交わされたので理解できたのはGoodfull翻訳サービスを利用できた僕だけです。

二頭のドラゴンがギャース！　ギャース！　と叫び争う姿に周囲の亜人達は怯えて逃げ惑っておりましたな。

あはははは!!

◆　◆

さて、十五日目、ようやくフランク帝国が重い腰をあげ、軍をジュネーブに向かって動かし始めた模様。

さらに到着まで順調に行けば半月ほど。うん、完全にそういうことなんでしょうね。

やっと動いてくれてよかったよ、これで確証が持てた。

Goodfull先生、もし黒カマキリがベルンを落とし、さらに王都ジュネーブの人口全てを食らいつくしたとすれば、どれほどの規模まで拡大するか計算お願いしますです。

『四百八十万体を超える試算になります』

そして、フランク帝国軍が四百八十万体に勝利する確率は？

『〈魔法〉という戦力の計算を平均的なものとした場合の試算では０％です』

やっぱりそうですか。

むしろ黒カマキリの滋養になるのが落ちというところなのですね。

草の根活動で現状二百万体を切るまで削ぎ落としたものの、最終的には一体残らず殲滅しなければ逃げ延びた先で増えてしまうわけでして、害蟲の根絶って難しいのね。

黒い悪魔Gが人類社会からいなくならないわけだ。

さらに、みんながみんな忘れきっているけど、ここ他国の、さらに不可侵条約を結んだ土地だから、侵略行為にならないように一度の遭遇戦で根絶する必要があるわけでして、そのための小細工には随分と苦労しました。

まぁ、いざとなれば先生の害獣駆除サービスに頼るとでもしますか。


そして現在時刻は朝の八時。

お弁当の用意も出来ました。

ロニーさん、ありがとう。僕は別の人の作ったお弁当を食べるけどね。

では、ぼちぼちピクニックの開始と参りましょうか。

レオンハルト兄さまを陣頭に三百名の精鋭部隊と我が小隊百四名が続き、その後ろを亜人達の集団が続く。

ベルン近郊ではすでに黒カマキリの包囲陣が完成しきっており、西ハープスブルク王国軍は戦力比1：30の絶望的な戦闘に飲み込まれている真っ最中だった。

各地の城塞では城壁を盾に抵抗を試みているが、大理石より硬いハイス鋼の鎌に刻まれて徐々に崩壊の一途を辿りつつあり、そう長くは耐えられないだろう。

そして、レオンハルト兄さまの〈戦〉の加護が発動し、三百の精鋭兵、百四の我が小隊、五万六千の亜人達、そして二頭のドラゴンが唸（うな）りを上げる。

我が父王君からの親書を届けるためのただの旅路なのだけど、目の前に害蟲がいるなら身の安全のために殺しても仕方がないよね？

あとエルフとドワーフとゴブリンとオークとオーガとヒルジャイアントとエトセトラにドラゴンはなぜか後ろから勝手についてきただけなので、グローセ王国とは一切関係ないからね。

よし、言い訳は完璧だ。


これは決して「侵略行為」ではない。

ただの親善大使の旅程だ。


第二、第三王子を連れた親善大使の旅程なので、ちょっと護衛が多いだけのただの旅程です。

それに、国同士の争いで、総員四百名余の兵士の侵略行為なんて有りえませんでしょう？

行軍速度は時速80キロメートル、どんな機甲師団なんですか我が軍は。

およそ四十分で50キロメートルを走破し、黒カマキリ三十万に埋もれた第一城塞を発見。

まずはジークフリート兄さまの影牙月天射による一射十万殺で二十万体に、ドラゴンの二頭が仲良く地面を炎で嘗め尽くして十五万体、レオンハルト兄さまが「一番槍」がどうとか喚きながら剣を振るうと剣圧の乱舞で黒カマキリの惨殺体が出来上がり、残りは五万体、一振り十殺が一振り百殺になった三百の精鋭の剣・槍・弓の技が飛んで残り二万。勢いに乗った我が小隊の攻撃で残り一万八千……ねぇ我が小隊？　ちょっと弱くない？

さて、軍団としての衝突前に削りに削った黒カマキリの残りカスに対して容赦なく、

「突撃!!　蹂躙せよ!!」

レオンハルト兄さまの声が響きわたり、黒カマキリに向かって全軍が突撃を開始する。

このブレイブハートな高揚感、正直、気持ちいいです。気持ちよすぎて無駄な被害が出ないかちょっと心配。

雑魚キャラの代名詞ゴブリンさんですら歴戦の勇士を思わせる凜々しさを見せています。

亜人五万六千＋人間四百余＋ドラゴン二頭＋チート生命体二匹　対　一万八千の統率を失った黒カマキリの戦闘は三十分も経たずに終了いたしました。

多数で少数をフルボッコした結果、こちらの人的被害は微々たるもの、手傷を負った者はいても死者に至っては0という素晴らしい戦果。

数の上でも圧倒し、〈戦〉の加護で大幅なバフ効果が掛かっているのだから当然といえば当然の結果でしょうか。

でもゴブリンさんは流石に無理をしないで？　怪我しちゃってるじゃない。

「オレデモナカマ、カタキウテタ、ウレシイ」

……うん、一緒に頑張ろう。

では、全軍停止。城塞付近の焼け野原でご飯と休憩の時間です。
黒カマキリの死骸が少々不快に感じるのですが、兵士諸君にとってはむしろ勝利の旗に囲まれた環境のように感じているようです。

あぁ、カルチャーギャップ。

一つ目の携帯食を口にして、次のチェックポイントである第二城塞までのフルマラソンに備えてみんなでゴロ寝のご休憩。
あぁ、相変わらずレオ兄さまは寝つきが良いな。すでに寝てやがる。

さて、ここで更なる兵員追加の時間となります。
「城塞に詰める西ハープスブルク王国軍の将兵よ!!　我等はグローセ王国国王ヴィルヘルム王の親書を携えた親善大使である。しかし、不測の事態により群蟲種の超硬甲殻型両腕刀剣類の群れに出会ってしまったがゆえ、貴国の王都たるジュネーブまでの案内と護衛を頼みたい!!　そして更なる安全のためにその道中において各地の城塞を巡りより多くの護衛を求める所存である!!　外交官たる親善大使の保護は貴公等の務めに反さぬと思うがいかがか!?」

司令官殿の頭が悪くないと良いなぁ。

親善大使の護衛として、各地の城塞に群がる黒カマキリを一緒になって殺しましょうという意味合いがちゃんと伝われば良いのだけれど。

これだけ目の前の戦果を目にして動かないようなら、考えなくちゃいけないな。

不安を感じていると城塞の門が開かれ、お偉いさんと一目でわかる人が出てきました。

いや、俺の方がほんとはもっとお偉いさんなんだけどさ。

なにしろ王子だし。

「親善大使どの。現在、城内には八千の兵がおり、正規の兵はそのうちの二千、残る六千は義勇兵であり軍馬は数少ない。そのうちのいかほどを要求なされるか?」

よかった、話の通じる人で。

では、王族スタイルを崩さないように気を付けながら話を進めよう。

「軍馬と正規の兵を全て、それからその指揮官として貴公を所望する。見ての通り、我等、親善大使の護衛であるグローセの兵は四百余を数えるのみの弱卒。四百の弱卒の旅程を助けると思い最大の援助を求めたい。なにゆえか、エルフやドワーフ等の亜人達と二頭のドラゴンが追随しているがこの行動の理由は不明であり、これはグローセの軍隊ではないことを理解していただきたい。そして群蟲種の超硬甲殻型両腕刀剣類についてはこの周辺から一掃されたことを知らせておこう。これはグローセ王家第一王子レオンハルト・フリードリッヒ・フォン・グローセの〈加護〉において確認された事実であることを保証する」

お偉いさんは目を閉じて悩む。

王命はこの城塞の絶対死守であり、親善大使の護衛ではない。

任務に反した行為と後ろ指を指される可能性が限りなくゼロに近くとも、完全にゼロではない。

「勝ち馬には乗った方が良いですよ？　それと、護衛を付けてくれないと引き返しちゃいますよ？　だって、蟲が怖いですからね」

「……そうですな。そして実に手厳しいお誘いですな。祖国の命と、自らの首を天秤に掛けよとは、実に悪質な」

お偉いさんは頷くと、苦笑いで同盟が締結された。

「ときに、黄金の獅子レオンハルト殿下はいずこに？　是非とも御礼を申し上げたいのですが？」

レオ兄？　えーと、そこで焼け野原に大の字になってイビキを掻いているナマモノがそうなのですが。

チラッチラッと視線をレオ兄さまの方に向け視線誘導する。

「う、うむ。それでは、後々、時間が空いたときにでも御礼を申し上げるといたしましょう」

「えぇ、是非ともそう願います」

二千の兵と一人の雑用係を増やした我が軍営。

第二の城塞に向かってフルマラソンをします。

〈戦〉の加護はやはりチートな性能で時速80キロメートルの異常な行軍速度。

今度は二十分も掛からず第二城塞に到着。

「一番槍はぁぁぁぁ！」

レオ兄さまの声を無視してジーク兄さまの影牙月天射が城塞を囲む黒カマキリを射殺します。

次いで二頭のドラゴンによるドラゴンブレスの二重演舞が炎の舞を見せます。

それに遅れて一振り百殺の精鋭部隊三百の技の数々が競演を見せました。

「レオ兄、さっさと剣を振ってくださいよ」

「カール、最近お前冷たくない？」

「この世のどこかに五日間酔いつぶれていた兄に冷たくならない理想的な弟がいたなら良いですね」

半泣きのレオ兄さまが八つ当たりのように剣を振る。

一振り万殺が乱舞して、黒カマキリ達が惨殺体の山に変わり果てる。

さて、数としては十分に削りきったので、そろそろ参りましょう。

まだ攻略すべき城塞が残っているのだからＭＰは温存の方針で。

「総員突撃!!　駆逐せよ!!」

レオ兄の台詞を奪い、先生の助けを使って俺の声を全軍に響き渡らせる。

誰の声なのかの確認などなく突き進む我が軍団。

連携も取れずに蹂躙されていく黒カマキリども。

なんだか雨に濡れた子犬のような顔で黒カマキリ達を屠っていくレオ兄さま。

あんまりいじめすぎて〈戦〉の加護がなくならない程度に意地悪は留めておこう。

これで総計六十万体。さて、蟲同士の連絡手段はないのだから通常ならこれをあと五回繰り返せば全滅させられる予定だが、先生情報では群れにして個の意思を持つと言う群蟲種。

さらにこれで知的生命体というのだから奇策を用いてくる可能性もある。油断は禁物というもの。

勝って兜のなんとやら、おや、これも旧世界の軍隊教養でしたっけ。


さて、第二回、兵員追加の時間です。

「城塞に詰める西ハープスブルク王国軍の将兵よ!!　我等はグローセ王国国王ヴィルヘルム王の親書を携えた親善大使である。しかし、不測の事態により群蟲種の超硬甲殻型両腕刀剣類の群れに出会ってしまったがゆえ、貴国の王都たるジュネーブまでの案内と護衛を頼みたい!!　そして更なる安全のためにその道中において各地の城塞を巡りより多くの護衛を求める所存である!!　外交官たる親善大使の保護は貴公等の務めに反さぬと思うがいかがか!?」

一言一句違えずに言葉を告げる。

城塞ごとに別々の語句を考えるのが面倒だからだ。

ちなみに、地味に先生の機能を使ってカンペを用意してあるのでした。

しかし城塞の門は開くことなく城門の上にお偉いさんBが現れた。

命の恩人を高い位置から見下ろすとは心底、良い度胸だ。

「我等が受けし王命はこの城塞の死守である！　親善大使どのの助力には感謝するが、この地より差し出せる兵馬の余力はありませぬ。ゆえ、これより先に進むのであれば独力にてお進みになられよ!!」

はてさて、これはなにゆえか。

時勢の見えない無能か。それとも捨て駒にされた捨て鉢か。

「彼の城塞の司令官は良く言えば保守的、悪く言えば臆病者と名高き人です。ここでの兵馬の増員は諦めたほうがよろしいかと」

お偉いさんAことラウリン卿が耳打ちをしてくれた。

なので、プランBが発動されます。

自らの国は自らの手で守られるべきだ。少なくとも俺はそう考える。

たとえ他国の助力を借り受けたとしても自らが立ち上がらないのであれば、その後の平和を享受する資格はない。

なぜならそれは、他者の努力の成果を掠め取る、盗人の行為だからだ。

「城塞の兵士諸君!! 遠からんものは音に聞け!! 近くば寄って目にも見よ!! 我等はこの城塞に群がる蟲を駆逐した。なれど未だ蟲の数は多く、未だ我等に兵士は足りぬ!! 国を愛する気持ちがあれば剣を取れ! 国に愛する人があれば槍を取れ! 国土を侵す蟲に立ち向かう勇士はおらぬか!? 我等と共に戦いて、英雄としてジュネーブへと凱旋する勇士はおらぬか!? 我等は勝利する!! 我等は必ず勝利する!! 黒き蟲の群れを駆逐して王都ジュネーブに凱旋しようと願う勇者は我等と共に来たれ!!　臆病者は必要ない!!　我等は勇者とのみ共に凱旋する!!」

さて、勝ち馬に乗ってくれるノリの良い人が何人ほどいるだろう?

おぉ、勝手に城塞の門が開いて、ぞろぞろと湧いて出てきたな。

でも装備も整っていない義勇兵のみなさんも多いご様子。

さらに、お偉いさんBを残してほぼ全軍が出てきちゃった。

怪我人も交じってるが、瞳は燃えている。

……これはちと不味いが仕方ない。ラウリンくんに骨を折ってもらおう。

「では、ラウリンくん、彼等の統率は全面的におまかせしました。装備の足りぬ者、傷病兵にはそれなりの対応をお願いします」

「え?」

さぁ、そろそろ休憩は終わりでフルマラソンの時間だ。

「レオ兄さま!　〈戦〉の加護をお願いします!!」

第三チェックポイントの第三城塞まで走るぞ~。愛馬ケルヒャ号が。

◆　◆

「手ごたえがない」

三つ目の城塞に群がったおよそ二十万の黒カマキリを駆逐した感想がこれだ。

ここでは兵員の追加も順調にすすみ、二百万弱の黒カマキリのうち八十万を駆逐した計算だが、あまりにも順調すぎる。

距離が離れていると情報の伝達が行われないのか、それとも単純に城塞という目の前の餌に取り憑かれているのか。

「カール、次こそは一番槍を……」

なんだか耳障りな声がしたので手で耳を塞いで思考に耽(ふけ)る。

「カール！　カール！」

レオ兄さまが煩(うるさ)いです。

肩を揺すってくるので、しかたなく意見を聞くとしましょう。

「黒カマキリどもが動き出したぞ」

レオ兄さまが急いで地図を広げて駒を並べだしました。


その労力には悪いけれど、こちらはこちらでGoodfullマップを開いてその動きを確認します。

赤い点が城塞から離れて南西方向、ジュネーブへと全速で移動を始めだしている。

等間隔に距離を離したかなり希薄な散兵状態でだ。

半数は移動速度をわざと落とし遅滞要員とした可動防壁として、半分はジュネーブへ向け全速で。

これは、不味い、学習された。

一振り十殺が可能なのは敵が密集しているからだ。

ジーク兄はともかく、レオ兄や他の精鋭部隊の攻撃力は極端に落ちる。

さらに遅滞要員として残された蟲の希薄で厚い壁を無視して通りすぎることも出来ない。


一体一体の戦闘能力は決して楽観視出来るものではないからだ。

鋼鉄の鎌と体を持ち、並みの戦力では返り討ちにあう、そういった化物なのだ。


レオ兄やカール兄の化物具合を見すぎて、ちょっと黒カマキリさん本来の強さを忘れてました。

五十万の蟲がこちらの進軍を妨げて、五十万の蟲が王都ジュネーブを食い散らかす。

そしてジュネーブで増殖した子蟲達が俺達から逃げるようにフランク帝国領内へと四方八方に逃げていく。

こうなればフランク帝国領には入れない俺達は手を出せず、あとはフランク帝国軍の奮闘に期待するほかない。


はてさてこれは……詰んだかな？

レオ兄が力説する黒カマキリの軍隊行進の詳細はさっぱり要領を得なかったが、俺は先生経由で理解しているのだから問題はない。

黒カマキリよ。君達の勝利だ。

空撮という索敵能力のアドバンテージに二人のチート兵器を得ながら、それでも勝てなかった。

知略において俺は君達に完全に敗北したことを認めよう。

条件に縛られた、と、言い訳はしない。
戦いは数だよ兄貴、と言った過去の偉人もいましたが、まったくもってその通りだ。
寡兵で大群に勝利する。
夢物語は夢物語でしかない。
大群をもって少数を捕食し続けた、王道たる戦術を選び続けた君達こそ本当の賢人だ。
俺の敗北を認めよう。

とても残念だが、黒カマキリくん。
君達の大勝利だ。

第十一話　グローセ王家総力戦マイナス父上・後編

レオンハルト兄さまが〈戦〉の加護を発動し、精鋭三百、我が小隊百四、亜人が五万六千、西ハープスブルク王国兵一万二千が時速5キロメートルの速度で進軍を続けています。

希薄な散兵となった黒カマキリの陣の行軍にあわせ、こちらも横に細く長い隊列でもって当たります。

一対五や一対十を繰り返す戦闘のために人員の損失はほとんどありませんが、時間的損失は実に大きいものでした。

ベルン、ジュネーブ間の距離はおよそ１５０キロメートル。この行軍速度では三十時間が掛かってしまいます。

その上、人は休息を挟まなければなりません。

〈戦〉の加護があるからといって三十時間の戦闘状態を連続で維持できるわけではないのです。

その間、黒カマキリの先遣隊は時速30キロメートルで王都ジュネーブを目指します。

今から五時間の後には王都ジュネーブに辿り着き、ろくな守備兵もいない王都は五十万の黒カマキリに蹂躙、捕食されることは予想に難くありません。

そして増殖した蟲達はさらに西に進んで捕食と増殖を繰り返すのです。

その増殖性という脅威の度合いに気が付いたときには遅いのでした。

戦うほどに数を増やす、そんな厄介な敵は、増える前に叩き潰すほかないというのに。

レオンハルト兄さまの軍勢は遅々として進まず、黒カマキリの軍勢はその六倍の速さでもってジュネーブにせまります。ついた頃には謝肉祭が行われているか、終っているかの頃合でしょう。

フランク帝国軍は五十万の大軍を用意したようですが、到着するのは半月後。

謝肉祭を終えた黒カマキリは三百万か四百万か。

餌にでもなりにきたのか、フランク帝国軍の馬鹿どもが。

愚痴を言ったところで行軍速度が速くなるわけではありません。

ただ、我々は我々の最速をもって動くだけです。

黒カマキリが謝肉祭で数が増える前に終らせることを考えて。

◆　◆

太陽は西に沈み、月が東に昇ろうとする夕暮れ時のこと。

ジュネーブの城塞都市に姿を見せたのは黒カマキリが先でした。

レオンハルト兄さまの軍勢は遥か後方に、黒カマキリ達の遅滞戦術は功を奏して、無防備なジュネーブでの謝肉祭が始まろうとしていました。

ベルンよりも以西の住民の全てを抱えるだけの土地を持たないジュネーブでは、城門の外にも避難民達の簡易な住居が構えられていました。

まず、その黒い影に気付いたのは城壁の上の物見の兵達。

ジュネーブの治安を守るために残された僅かな守備兵達でした。

最初に見えたのは黒い点、次に点が増えて線に、線が広がって面になるころ、その正体にようやく気付きます。

黒き群れの蟲。超硬甲殻型両腕刀剣類。

物見の兵のざわつきが、壁下の難民達に伝わると悲鳴が上がりました。

黒カマキリの謝肉祭を目にしながら、運良く逃げ延びた者も少ないながらもいたのです。


彼等に人の剣は届かず。

彼等に人の槍は折れ。

彼等に人の矢は弾かれ。

彼等には魔法すら効かない。


そんなチューリッヒで行われた一方的な謝肉祭を山の上から目にし、ジュネーブへ逃げ延びてきた者がいました。

だから、彼は絶叫して懇願するのです。

城門を叩いて「中に入れてくれ」と。

しかし門は開きません。一度開けてしまえば全ての難民が入るまで閉じられないからです。

城門前で起きた騒ぎ声が響き渡るにつれ、壁下の難民達は自分達の置かれている状況を理解し始めました。

遠くに見える点。

遠くに見える線。

遠くに見える黒い波。

避難民達は知りませんでした、自分達が何から逃がされてジュネーブに連れてこられたのかを。

そして、今、知りました。

自分達はあのオゾマシイ黒き蟲達から逃げていたのだと。

城門は叩かれます。

城門は開かれません。

城門は叩かれます。

城門は開かれません。


未だ理性を残し、そして少し頭の回る者なら気付いたでしょう。

城門の開放はジュネーブの終わりを意味することだと。

だけど城門は叩かれます。

だから城門は開かれません。

ただの黒い点だった蟲の姿が明確になるにつれて、難民達は自分達の未来を正しく予想してしまいます。

あの巨大な黒き鎌で切り裂かれる。

あれを防ぐ鎧など持っていない。

あの巨大な黒き牙で咀嚼(そしゃく)される。

自分の肉はあれよりも柔らかい。

死ぬのは嫌だ……でも、喰われるのはもっと嫌だ!!

難民達は泣き叫びながら城門を叩きます。

守備兵達は泣き叫びながら城門から離れろと命じます。

だって、城壁の上の兵士達は地上の難民達よりも、もっと深い絶望の中にいたのですから。

総数五十万の広大なる黒い絨毯の群れ。

ただの黒い線や波にしか見えていない地上の難民達よりも、もっともっと確実な自分達の終わりを予感していたのですから。


死ぬのは嫌だ！

城門が叩かれます。

死ぬのは嫌だ！

城門が叩かれます。

死ぬのは嫌だ！

城門が叩かれます。

でも、喰われるのはもっと嫌だ!!

絶対に城門は開かれません。

人が泣き叫んでも日が沈み、
人が泣き叫んでも月が昇るように。
人が泣き叫んでも黒き蟲達は鎌で切り裂き、
人が泣き叫んでも黒き蟲達は肉を咀嚼するのです。

弱肉強食というただの摂理。

刻一刻と迫る黒き鋼の蟲の群れ。

喰われる側にまわることを考えてこなかったその傲慢が、代償としての恐怖の支払いを求めました。

難民達は、そして城壁の上の兵士達は、一体どんな自らの終わりを想像したのでしょう？

腕を切断されるところでしょうか？

脚が引き裂かれるところでしょうか？

首を斬り裂かれるところでしょうか？

脳天に大鎌が振り下ろされるところでしょうか？

生きたまま内臓を咀嚼されるところでしょうか？

それとも頭蓋骨の上から牙でかじりとられるところでしょうか？

あるいは四方八方から多くの蟲に喰いちぎられていく無残な肉塊となる自分でしょうか？

人の想像力は無限ですから、無限に恐怖を想像できるのでしょう。

この場では誰も彼もが、その想像力の限界を働かせて自らの死に様を思い描くのです。

『メメント・モリ』——死を思え、なんて言葉がありますが、誰がこんな死に様を想像できるのでしょう？

自らの惨めたらしき死に様を想像しながらただ恐怖に震え、弱き者は刈り取りの季節を待つのです。

願わくば、麦藁のように優しく刈り取られますように……なんて、願っているのでしょうね。

なんて哀れで儚いことでしょうか。

◆　◆

ところで話は変わるのですが、外交儀礼というものには複雑怪奇な手順というものがあります。

グローセ王家が西ハープスブルク王家に対して親書を送るとして、その親書を送る前には「親書を送りますよ」という使いを出す必要があるのでした。なぜなら親書を携えた親善大使というのは往々にしてそれなりの貴人であり、それを歓待するための用意の時間を必要とするからです。

そんなわけでこれから親書を送りますよというお使いとして、今、ワタクシはジュネーブに来ております。

いやぁ、北にはジュラ山脈、そしてレマン湖が一望できる風光明媚な土地ですね。

前世では海外旅行など縁のない暮らしをしていましたから、こういうのもたまには良いかもしれません。

ところで、王宮前で俺がグローセ王家の第三王子を名乗っても信じてもらえなかったのに、ジークフリート兄さまが第二王子を名乗ったところ西ハープスブルク王との面会が一発ＯＫになったのはいかなる基準なのでしょうか？


やっぱり、この国を見捨ててしまうのが一番なのではないでしょうか？


そうして面会した西ハープスブルク王マクシミリアン七世陛下に対する最初の感想は、聡明かつ不幸な方という印象でした。

西にフランク帝国が控え、北にはグローセとプロイセンの兄弟国、東には袂（たもと）を分かった東ハープスブルク、南には統一宗教国家のバチカン法皇国。領地と言える領地はジュネーブからチューリッヒに続く山間（やまあい）の土地であり、これといった強き産業もなく、力を蓄える術（すべ）もない。海に面していないがゆえに常に塩に事欠き、その供給源をフランク帝国に握られた属国としての有り様は不幸の一言で片付けられるものでしょう。

さらに不幸なことは、その弱小国である事実を理解してしまうだけの聡明さを持ち合わせているという不運な方であったことです。

これといった強みのある産業がない、それはつまり、国力を上げる術がないということです。

生まれた土地と地位が悪かった。

聡明ゆえに不幸な人、それがマクシミリアン陛下への印象でした。


「カール王子、君は余を非道な王と思うかね？　それとも愚かな王と思うかね？」

それはベルンに兵を集め、これを生贄として捧げた遅滞戦術でもって、フランク帝国の助けを待つという、その生存戦略についての問いであった。だが、フランク帝国が望んだことは群蟲種による西ハープスブルク王国の崩壊と、その後、空白地帯となった土地の併呑にあった。

ゆえに遅滞戦術に意味はなく、今の王都ジュネーブはただ死を待つだけの都市でしかない。

藁にすがってみたものの、藁だった。じつに尤もな顚末だ。

「非道で愚かな王だと思います。ただ、グローセ王家はさらに愚かなので馬鹿にできる立場にはありませんが」

自分でも辛辣だと思う言い草にマクシミリアン陛下は苦笑の一つで返した。

不敬罪と言うものが他国の王族に適応されないことが幸いである。

「王子の言は苦々しいな、身内に対してはさらに。良いことだ」

耳に甘い言葉よりも、苦い言葉が必要になるのは薬となんら変わりない。

「帝国に、亡命はされないのですか？」

亡命政権という手もある。

復権できるかどうかは別として。

「余は、それなりにこの国を愛しているのでな。愛するものと共に死するのもまた一興。宗主国を名乗りながら腰を重くして、我等が滅びるに任せた彼の国に身を寄せて生涯を送るよりも、素晴らしい生涯であろう？」

諦めが先に立ったマクシミリアン陛下の言動は、自虐的な美意識に彩られたようだ。

最後まで足掻（あが）くというのも美徳であるが、潔く、死を受け入れるのもまた美徳なのだろう。

それなりの立場にある者なら尚更のことに。

「国民には？」

「絶望的であるとまでは伝えておらぬよ。フランク帝国側の援軍の名を借りた侵略軍の腰は重いというのに、国境の封鎖はとても速くてね。北や西へ逃げる術はなく、南は知っての通りアルプス山脈がそびえたち魔物も多い、さらに運良く通り抜けたとしても先に待つのはあのバチカン法皇国だ。人に殺されるか、蟲に殺されるか、山に殺されるかを選ばせるのも酷だと思ってね」

伝えるにしても今しばらくの時間があると思っていたのだろう。

事実、我々が藪（やぶ）をつつかなければ城塞の人々を犠牲に、あと五日ほどは時が稼げていたのだから。

「それは幸いでございました。選ぶ必要などないのですから」

俺の言動に首を傾げるマクシミリアン陛下。

「死に方を選んでもらうのは蟲どもの方になりますので、国民の方々にはこのままに、何も知らぬままでいていただきましょう」

「……君は、夢想家か、妄想家か、それともその他のなにかなのかな？」

「いえ、いたって現実主義者だと自負しておりますが？」

ここは王子スマイルで応える。

ジーク兄さまなら男も女もコロッと行くのだが、俺の場合は効果がないのだ。ちくしょう。

「もしも君の言動が事実となるのなら、我が国はとても困ったことになるのだがなぁ」

「何ゆえですか？」

「逃げ足の速い貴族どもが既に国外に逃亡済みでな、そういうものに限ってそれなりに仕事が出来る者達なのだよ。この国が生き残ったからといって、おめおめと戻ってくるわけにもいくまい？」

逃げた彼等は売国奴というわけではない。

ただ、国と心中するほどには愛していなかっただけだ。

そして、早々に逃げ出すだけの目端が利くだけの優秀さを身に付けていた、ということでもある。

愛国者ではないが「それなり」の家臣達だったのだろう。

「なるほど、それは困りましたね。では、蟲に身を任せて国を滅ぼされますか？」

「国に生きる目があるというなら賭けてみぬほど馬鹿ではないよ。しかし王子は不思議だな。言っていることは荒唐無稽極まりないのだが、その言を自身が心の底から信じきっているようだ。ゆえ

に、余も信じてみたくなってしまう」

マクシミリアン陛下は実に愉快そうに笑みを浮かべた。

目の前にいるのは伝説の英雄か、それとも英雄だと思い込んだ真性の阿呆か、まぁ、どちらでも良いのだろう。

道化かなにかでも、有終の美を飾るための賑やかしにはなるのだから。

「では、夕刻。そうですね、午後五時頃から、ちょっとした催し物を致したいと思いますので北東の城門上でお待ちしております」

「うむ、歓待をするのはこちらの方だというのに気を遣わせて悪いな。最後に、一つ聞きたいのだが良いかね？」

「なんでしょう？」

「カール王子、君は本当に十一歳なのかい？」

その問いにしばらく考えて、そしてこう答えた。

「どうなんでしょう？」

◆　◆

太陽は西に沈み、月が東に昇ろうとする夕暮れ時のこと。

マクシミリアン七世陛下を城門上に迎えてトップランナーを待つ黒カマキリ国際マラソンも終盤

を迎えます。

数少ない正規兵や近衛の兵、民間人達も弓を手にして城門上に立ち並び、ランナー達が到着する瞬間に胸を膨らませておりました。

おおっと、黒カマキリ国際マラソンのゴールである西ハープスブルク王都ジュネーブから目に見える距離までトップランナーが走ってまいりました！

南をレマン湖に、北をジュラ山脈に押さえられ密集状態となった黒カマキリ達がゴールを目指してラストスパートに入ります！

ジュネーブ城内に入りきれず、周囲でテント生活を送る避難民から黒カマキリ達への声援の声がギャーギャーと鳴り響きます！

城壁の上の兵士達からも絶望の歓声の声が上がり彼等の到着を待ちわびております！


そして完走を控えたランナー達を迎える勝利の女神は我が姉、ルイーゼ巨乳姉さまです!!


〈結界〉の特級加護、その力を見るがいい。

俺は、君達に知略において敗北した。

なので、暴力をもって最短最速で解決することにしました。


ドラゴンの姐さんの背に乗ってコンスタンツへ引き返し、そのまま上空を通り抜けてジュネーブへ。

ジークフリート様しか背中に乗せたくないという姐さんを宥めるのに一苦労しましたが、なんとか間に合いました。

ついでに「寝取られ号」こと元旦那さんもつれていきました。

ドラゴンの名前は人間の声帯では発声不能なので、仕方のない命名です。

「日本語」での命名なので本ドラゴンにその意味はバレておりません。

ルイーゼ巨乳姉さまを目にしたとき「十六歳で、このサイズだと……女、我が嫁にならぬか?」などと視線を胸部に集め戯言を口にしたのでT・A・M・Sの14万馬力の全力パンチを思わず放ってしまいました。

14万馬力というのはドラゴンにとっても脅威の破壊力であったらしく、なぜか「寝取られ号」が俺に服従。

命を助けたり、勝負に勝ったりすると、ドラゴンはその相手を主と認める生き物だそうで今後は扱いに注意が必要です。

でも、ニンジンさえ与えれば誰にでも懐く駄馬ケルヒヤ号に比べればその待遇について考えてやっても良いかもしれません。あの駄馬!!

それはさておき不可視の防壁がランナー達の足を止めました。

ガラスに顔を押し付けたブサイク顔のようで、じつに滑稽です。

ぶはははははははははははははは!!

ですが、その後ろから続々押し寄せるランナーに押し潰されて先頭のランナーがひしゃげてしまい、あまり……見目よろしくない、状態になったので……視線を逸らしておきましょう……。

……えーっと、さて、続きましては「月影の聖弓」ことジークフリートお兄さまが祝福のために城壁の縁に立ちます。

僕は高所恐怖症なんで、ちょっと城壁の後ろに下がらせてもらいますね。

ジークフリート兄さまが、まず城壁の縁に立って、自らの影から取り出した弓に矢を番え、引き絞られた絃が影の矢を天空へと射ち放つと〜〜〜〜〜影の矢は数を十万へと増やし、そして十万の黒カマキリの命を刈り取ります!!

それでも残るランナーは四十万の黒カマキリ。

不可視の壁に止められ、影の矢で貫かれ、それでも止まらない君達に、僕からのささやかな贈り物をしたいと思う……。

それは幻想的で、とっても愉快な、光のパーティーだ。

Goodfull先生と二時間に及ぶ脳内での入念な打ち合わせによって作られた光のパレードのプログラム。

エレクトリカルパレード（音声付き）の始まりだぁっ!!

「ニップルレイッザァァァァァァァァァァァァァァァァァァァァァァァァァ!!!」

我が乳首から迸る光のシャワーは曲線を描き、ランナー達を祝福します。

それと共に戦域全体に鳴り響く愉快で楽しい楽器のシンフォニー。

衛星軌道上からも超高熱のレーザーが乱舞して彼等を祝福します。

幾千、幾万、幾十万の光の祝福が放たれる凡そ十五分間のパレードは人々を魅了し、そして黒カマキリをもきっと魅了したことでしょう。物理的に天にも昇る気持ちであったでしょうから、間違いはありません。

秒間五百体の処理速度で黒カマキリ達を昇天させつつ、放たれる光の矢の増減に合わせて音楽も盛り上がりを迎えます。

そして、終わりの時には夜想曲のように、花火の終わりは線香花火で締めるように、緩やかに光のシャワーが勢いをなくし、そしてやがて夕闇の静寂が戻りました。

拍手も、喝采も、歓声の一つもありませんでしたが、皆が皆、口が開いたままにふさがっておりません。

そんな観客の様子に私は大満足を覚え、そしてマクシミリアン陛下と共に宮殿へと戻ります。

あまり、脇役が舞台上に残り続けるのも無粋でしょうから。

見目麗しいジークフリート兄さまを残しておけば十分でしょう。

◆　◆

そしてパレードは続きます。

遅滞戦術を行っていた五十万の黒カマキリ達をレオンハルト兄さまの軍勢、いいえ、親善大使の一群がジュネーブに向かって歩くような速度で追い詰めます。

左右の両翼には精鋭部隊を置き、徐々に速度を速めます。一の字がへの字に、彼等の好きな鶴翼が形成され、そこからも漏れようとする蟲は姐さんと我が愛ドラゴン「寝取られ号」の炎に焼かれました。

その行軍に脅威を感じたのか、初めは時速5キロメートルだった移動速度が10キロメートルに、そして全速力の30キロメートルになりましたが、〈戦〉の加護の下にある兵士達にとってはあまりに遅い行軍、私のエレクトリカルパレードの凡そ四時間後、見えざる壁と、レオンハルト兄さま（&ラウリンくん）の暴力に挟まれて黒カマキリさん達は死滅しました。

それはちょうど午後の九時頃を過ぎる時間であったために、あまり目立たなかったことが残念でございましたね。

黄金の獅子であるレオンハルト兄さまにはやはり太陽の下が似合います。

これは私の手落ちとして反省しておきましょう。

そしてレオンハルト兄さまと共に行軍を務めた西ハープスブルクの兵士達は英雄としてジュネーブの街に迎えられました。

ラウリンくんの姿も見え、元気そうです。ちなみにお偉いさんBの態度についてはマクシミリアン陛下に十二分以上の説明を行っておきました。

亜人達には、少々悪いのですが、ジュネーブの街に混乱を来たさないため、街が見えるころに離れてもらいました。本陣に戻るか、それとも、元の故郷に戻るかは、彼等自身に決めてもらうことにしました。

それから、月が天の中央に昇るころ、ジークフリート兄さまがドラゴンの姐さんの背に乗って空を駆ります。

黒カマキリさん達は五十万を遅滞戦術に、五十万をマラソンランナーに、では、残りの二十万はと言えば、一万単位のコロニーを南北に、南のアルプス山脈や北のジュラ山脈の方面に20の群れとして逃がしたのです。

一体でも生き残ればそれで良い。じつに素晴らしい蟲らしい生存戦略なので、全面的に叩き潰しておきましょう。

この地上に月の瞳から逃れられる者などいないという事実、それはジークフリート兄さまから逃れられる者がいないという事実です。

一射ごとに一万単位のコロニーが消え、二十の矢が放たれた地上には彼等の命は残っておりませんでした。

はてさて、それでもしぶとく隠れた黒カマキリさん達はいるもので、Goodfull先生のマップには未だ赤いマーカーが多少、残っていました。太陽の目から隠れ、月の目を避ける、崖下や日の射さぬ深い森の奥などの狭間に身を隠した彼等には素敵なプレゼントを贈ってさしあげました。

それぞれに反物質を0・000001gほど。通信販売で。

もちろん段ボールにはプレゼント用の豪華包装を指定しましたよ。リボンも付けて。

赤いマーカーが西ハープスブルク全土から全て消え去って、ようやく私の心にも平穏が訪れました。

先生、ありがとう。

『どういたしまして。サービスのご利用ありがとうございます』

第十二話　グローセ王家総力戦マイナス父上・舞台裏

さて、始まりました。

グローセ王家名物「雑務の押し付け合い」が。

「ここはカールがやるべきだろう？　ここまで頑張ってきたんだからさ」

「いえ、私としては五日間も本陣を放って酒を飲んでいた誰かさんに罰の意味を込めてやらせるべきだと思うのです」

「カール？　その誰かさんてどなたなの？」

「あぁ、そういえばルイーゼ姉さまは存じ上げませんでしたね。黄金の獅子と呼ばれる黄土色の子猫のことですよ」

「黄土色の子猫……可愛いわね。是非、流行らせましょう!!」

ルイーゼ巨乳姉さまが瞳を輝かせた。

これは本気だ。

「やめろぉっ!!　カール、ルイーゼ、お前達、長兄をなんだと思っているんだ!?」

何だと思っているかですって？

　ふふふ、へへへ、ははは、では、答えて差し上げますよ。
「我儘（わがまま）放題の駄目兄貴ですよ。そもそもこの遠征自体がレオ兄さまの我儘から始まったのでしたよね？　他国の人々を助けたい？　ようございましょう。その意気込みでありながら五日間も飲み歩いていたのはなぜなんでしょうかね？　もしもレオ兄さまが初めに考えてた敵陣中央部への突貫攻撃なんてしていたら今頃は四方八方に蟲が逃げて手に負えなくなってたところなんですよ？　そもそも他国領内で軍事活動という時点で信じられませんよ。侵略行為ではないという体裁を整えるのに私がどれだけ手を尽くしたと思ってるんですか？　自国の人間の兵士は使えない、だからエルフ、ドワーフ、各種亜人の協力を取り付けて一大勢力を作るためにどれだけ腐心したことか。ジーク兄さまと二人で蟲どもの動きを誘導し、一体たりとも逃がさないように集合させて一網打尽に、そして最後の詰めはレオンハルト兄さまに譲るというこの弟達の思いやりが理解できないのですか!?　それでも貴方は人間ですか!?　あぁ、黄金の獅子、まちがえました、黄土色の子猫でしたっけ!!　子猫には人の気持ちがわかりませんものね!!　この汚名を返上したいのなら戦後処理は全てレオ兄さまが行ってください!!　さもなくば黄土色の子猫という二つ名で呼ばれるように自国他国問わず通達しますから!!　シャルロット経由で父王君に頼み込めば簡単な話なんですから覚悟しやがれこの猫兄貴!!」

　言ってやった！

　言ってやった!!

「姉さん。カールの成長が嬉しくて涙が出ちゃいそう。本当に立派になったわね」

あぁ、ルイーゼ巨乳姉さんはわかってくださっている。

そう、イケメン補正は家族に対して何の効果ももたらさないのだ。

イケメンに気後れしていた昔の俺はもういないのだよ。


「カ、カールお前、俺をそんな風に思ってたのか……」

黄土色の子猫がションボリしている。

でもここは心を鬼にするまでもなく、この兄に全てを押し付けよう。

この兄、あんまりにあんまりすぎるので成長してもらわないと困ります。

いつまでも自分の行為の尻拭いを誰かがやってくれて当然と考えられても困るのです。

「ジ、ジークはどうなんだ？　あいつは今なにやってるんだよ？」

「ジーク兄さまは……逃げました。……ドラゴンの愛から」

戦争が終り、本格的に子作りを迫られた結果、逃げました。どこか遠くに。

種付けなんてちょちょいと一回やってやれば良いものを、コレだから童貞は。

もちろん俺はゴメンですけどね！

「逃げたのか……そうか、逃げたのか……」

唯一、味方になってくれそうなジーク兄さまを失って孤立無援となったレオ兄さま。

実に哀れで気持ちが良いです。

どうぞ苦労してください。

「では、戦後処理はレオ兄さまの仕事ということで。私達は帰りますから存分にその智恵を振るってグローセ王国の国益のために働いてきてくださいね」

「なっ、カール、お前、俺を見捨てる気か!?」

「見捨てる気か、なんて人聞きのわるい。既に見捨ててるんですよ」

「なぁっ!?」

そんなわけで一番面倒くさい作業を全て押し付けてルイーゼ巨乳姉さまとの逃避行に入ります。

さようならお兄さま、また会う日まで。


とかなんとか言いつつも「西ハープスブルク王国」の戦勝祝賀会兼親善大使の歓迎会となる夜会の席でまた顔を合わせたのですが、黄土色の子猫の変わらない吸引力は異国においても変わらないようで、酒を飲み、鼻の下を伸ばしデレデレとしてらっしゃったので、心の底から見捨てることに決めました。

今は片手で済むご落胤が両手に余らないことだけを祈ります。

その点、ジークフリート兄さまは純愛主義を通す方で清き体の持ち主として好感が持てます。童貞の友として。

ルイーゼ十六歳巨乳姉さまのおっぱいは、やはり、この地でも尊く美しく、チラチラと見てしまうのは男の性として許しますが、肢体を嘗め回すように見つめてるそこの中年ハゲ！　お前は絶対に許さないからな。貴様の家は没落決定だ。

「グローセ王家の方々には返しても返しきれない借りが出来てしまったな」

「踏み倒せば良いんじゃないですか？　王家とはそういうものでしょう？」

マクシミリアン陛下の軽口に王族ジョークで返します。

証文がなければそれは借りでも貸しでもないのです。

「余の娘を君の嫁に、と、考えているのだが虫の良い話か」

「そうですね。嫁にいただいてもグローセ王家に得るものなく、失うものが大きいばかりでしょう」

「君が他国の王族で良かった。辛辣な物言いが不敬罪の対象にならないのは本当に素晴らしいことだ」

蟲の侵攻により西ハープスブルク王国の経済はもちろん、農業から生態系に至るまでが根こそぎ破壊された。

順調に復興を遂げたとしても元の状態に至るまでには数世代の時が必要とされるだろう。

さらに体面として正統な王朝を競い合う東ハープスブルクが侵略を行ってくる可能性すらある。

そんな国の王女をどの国が欲しがると言うのだろう？

「だが、救国の英雄に報いなければ我が王家の誇りは地に落ちてしまう。つくろうべき体面などもはやないのであろうが、なにか一つだけでも貸しを返したい」

「では、貴国内に街道を一本作る許可とその街道周辺における通商条約を頂きたい。名前は、そうですね。レオンハルト街道と名付けましょう。嫌がらせとして」

「街道が一本に条約が一つか。君が言うのだ、額面通り以上の意味があるのだろうね」

ええ、もちろん。と、心の中で答えておく。

「しかし、不思議だな。ここまで聡明な君がなぜ、我が国を助けたのか実に理解し難い。余としては知恵比べに負けるようで癪なのだが、その答えを教えてくれぬものか？」

「あぁ、それは理詰めで考えても回答の得られない問題ですよ。レオンハルト兄さまが助けたいと口にした。だから助けた。これがこの戦争の全てです」

マクシミリアン陛下はその答えに大笑いを上げた。身を捩じらせ、涙ぐむほどに。

夜会の面々が好奇の目でこちらを見つめるが、マクシミリアン陛下が咳払いをすると視線はさっと散っていった。

「ははは、それが本当なら、余はレオンハルト王子に感謝すれば良いのか、カール王子に感謝すれば良いのかわからんな」

「マクシミリアン陛下を愚かと評価しましたが、我が王家はさらに輪をかけて愚かなのですよ。困ったことに本当なのです」

「確かに愚か極まりない。実に、素晴らしいほどに、本当に愚かな王家だ」


始まりは確かにそうだった。

だが、群蟲種の脅威、増殖性を理解するほどに絶滅させなければならない対象と俺が決断して以降は俺自身の意思も絡むのだが、そこまでお人よしに答える必要はないだろう。

グローセ王国の東、長大な国境線を持ち群蟲種と死後種の両種族との終わりなき闘争に耐えうるアウグスト帝国の底知れなさには脱帽だ。なにか相手をするにおいてコツのようなものでもあるのだろうか？

国家機密とはいえ、先生の検索能力の前には丸裸なので、いずれ調べてみるとしよう。

「レオンハルト街道についてだが、その経路を聞いても良いかね？　流石に縦横無尽となれば余も許可を出せぬゆえな」

「その点はご心配なく。実に短い距離の街道ですよ。コンスタンツから始まり、ゼンティス山までの道のりです。北回りの経路ではチューリッヒ、リヒテンシュタイン間を跨ぐ形になりますが、南回りであれば当面通りの道中の利用が可能ですから構いませんでしょう？」

マクシミリアン陛下が考え込む。確かに１００キロメートルにも満たない街道。そしてチューリッヒもリヒテンシュタインも現状、都市として機能していないどころか滅亡してしまっている。自らの世代においては何ら問題ないが、後々、どう転ぶかわからないのだ。そして、終着点がゼンティス山というのも理解が及ばないのだろう。

「まいった。降参だ。余に答えを教えてくれ」

考え抜いた結果、マクシミリアン陛下は降参とばかりに手をあげて答えを求める。

「今回の戦争でグローセ王家はドワーフの地下王国と同盟に近い関係を得ました。これはアルプスを縦断する地下坑道の使用権を得たことと同じであり、新たな交易路の拡張に繋がります。また、チューリッヒ、リヒテンシュタイン間にグローセ王国の利権を挟むことで東ハープスブルク王国への牽制を、ならびに、我が国がプロイセンより輸入している塩が街道上で貴国とも売買できるようになります。ドワーフも塩やその他の日用品を欲しがるでしょうし、よい取引相手になるでしょう。それから後は、内緒にしますので、じっくりと考えなさるか、数年後にでもその答えを目にすると良いでしょう。目に出来ると、良いのですが」

マクシミリアン陛下が絶句なされておいでです。

今回の騒動の首謀者については俺自身、少々憤りを覚えているので、ちょっとした過剰な嫌がらせの準備段階なのですが、全てを教えてしまってはつまりません。それに、どこに耳があるやらわかりませんから。

「つまり、余の国に塩の販路を設けフランク帝国からの独立を匂わせ、さらには東ハープスブルク王家からの守護を引き受けると。街道一本でよくもまぁそこまでの悪巧みが……」

「貴国を見捨てた宗主国に未だ忠義の念が？　私なら憎しみしか持ちえませんがね。あと、この王都ジュネーブに施された結界なのですが、西ハープスブルク王国への害意あるものは入れないように設定されております。あと十日と少しほどでフランク帝国の援軍が到着するそうですが、通り抜けられるかどうか見物ですな。ちなみに、あと一月は結界は残り続けますので、どうぞご注意を。マクシミリアン陛下にはジュネーブの外に会談の場を設けておくことをお勧めしますよ」

ええ、すみませんね。

戦争は始める前に全てを終らせておく主義でして、まぁ、マクシミリアン陛下であれば乗り越えられるでしょう。

ただ、乗り越えられない場合は、こちらも覚悟を決めさせて頂きます。

どうぞ頑張りになってください。ついでに戦後処理こと親善大使の名目でレオ兄さまと精鋭三百を置いていきますので、どうぞ、フランク帝国が即時実力行使に出るようなら人間核弾頭を使って灰燼に帰してやると良いでしょう。

まぁ、そもそも、他国の王子がいる状況下の城塞都市に戦争を仕掛ける馬鹿はいないと思いますが。

「カール王子、余の娘を嫁に迎えよとは言わぬから、種付けだけでもしていかないかね？」

「幻想世界の女性に種をつけても〈加護〉は得られませんよ？」

「いや、君の〈加護〉よりもその知略を受け継いだものが生まれたならと思ってな。余の孫に君がいたならば、どれほど心強いか」

マクシミリアン陛下は冗談めかしながらも、真剣な瞳で俺を見つめていた。

が、しかし、世の中というのは本当にままならぬものですね。

「マクシミリアン陛下。まことに申し上げにくいことなのですが、私は精通前なのですよ」

マクシミリアン陛下の顔が苦笑い一色に染まったのだった。

◆　◆

そして事件は起こった。

祝賀会兼歓迎会も中盤を迎えた頃、少々失念していたことを一つ思い出しました。

まず、女性達の渦の中からレオ兄さまを引っ張り出し、庭に運んで冷水を頭から被せて酔いを覚ましてます。

「カ、カール！　なにをする!!」

「酔いは覚めましたか？　それはようございました。それよりもレオンハルト兄さま、我々がなぜジュネーブに来たのかお忘れですか？」

「忘れてないさ、害獣駆除だろ？」

「いいえ、国王の親書を渡すためです」

俺も忘れていましたからレオ兄さまのみを責める訳にはいかないのですが、そこは都合よく無視して全責任をレオンハルト兄さまに押し付けましょう。

「…………」

おや、レオ兄さまの反応がない？　ただの屍でしょうか？

「……くした」

はて、今、なんと仰ったのでしょう？

私の耳が遠くなったのかも知れません。

「レオ兄さま、今、なんと仰ったのでしょうか？　この耳の悪い弟のためにもう一度、しっかりと発音していただけますか？」

「…………失くした」

　さて、どうしたものでしょう。

　この黄土色の子猫。

　たかが一通の手紙さえ管理できない模様。

　あなたは黒ヤギさんですか？　それとも白ヤギさんですか？

「兄上にお尋ねします。斬首と絞首台のどちらがお望みですか？　やはり王族として名誉ある斬首の方が好ましいですか？　首吊りの方が苦しみは少ないと申しますがどういたしましょう？　ワインに毒を入れるというフランク帝国式も良いかも知れませんね。この土地ならではのやり方として」

「カール!?　ははは、手紙一通で大げさなことを……」

「いえ兄さま？　一切、大げさなことではないのですが？」

　国王直筆の親書を紛失したとなれば首が物理的に飛ぶに決まってるでしょう？

　まず不敬罪を始めとする各種罪状が立ち並んで、連座制で飛ぶ首の一つや二つでは済まないお話ですが？

　俺の目が、心底真面目な瞳をしていることに気付いたのか、若干蒼褪めるレオ兄さま。

「カール？　本気、か？」

「グローセ王国の法に則れば、極刑が妥当となる案件です」

　そして身も世もなくうろたえるレオ兄さま。

　あぁ、とても可愛い子猫さんですね。

見捨てないでと潤んだ瞳で見上げる姿はシャルロットを思わせますが、シャルロットとは天と地の差があるので見捨てます。

「あぁ、こちらで涼んでいたのですか。女性陣に囲まれて声を掛けづらかったゆえ、カール殿と話を弾ませてばかりで失礼を致しましたな。余は西ハープスブルク王国国王マクシミリアン七世である。卿が噂に名高き黄金の獅子、レオンハルト・フリードリッヒ・フォン・グローセ第一王子に相違ないかな？」

あぁ、なんというタイミングで……やはり魔法的な何かで監視されていたか。

「は、はい。我が名はレオンハルト・フリードリッヒ・フォン・グローセ、グローセ王家第一王子でございます。マクシミリアン陛下への拝謁、光栄のいたりでございます」

王子とはいえ、他国の王を相手にはへりくだる必要があるので、その辺の礼儀作法は弁(わきま)えているようだ。

レオンハルト兄さまの王子らしい応対に、ちょっと感動。

最近、駄目っ子動物のイメージしかなかったからなぁ。

動物なビスケット食べたいなぁ……先生、取り寄せできます？

『はい、可能です』

良かった。これで異世界定番の懐かしの味に飢えなくてすむ。

「して、グローセ王ヴィルヘルム陛下からの親書を届けに来ていただいたとのこと。余は実に嬉しく思う。道中での武勇を耳にすれば、余も民のために感謝しても感謝しきれぬほど深く礼を申し上げる。して、親書の方を頂きたく思うのだが、そろそろ渡してはいただけぬかな？」

いやぁ、実に楽しげなマクシミリアン陛下の笑顔でございます。

威風堂々、王とはかくありたいものです。

して、レオ兄の方と言えば？

あぁ、視線をそらして、夜空を眺めていらっしゃるご様子。

ははは、これはアレですかな。グローセ王家秘伝の奥義を繰り出すところですか。

「レオンハルト王子？」

俺も前もって視線を空に向ける。

今日も夜空が綺麗です。

雲ひとつないこの夜空。

シャルロットの頑張りがわかるなぁ。

愛してるよ～シャルロット～♪

「カール王子？」

グローセ王家に伝わる秘伝の奥義「なかったことにする」を発動。

いやぁ、満天の星とはこういったものなのですね。

綺麗だ、雲ひとつなく、本当に澄み渡って綺麗だ。

「月が、綺麗ですね。マクシミリアン陛下もそう御思いではないですか？」

「なるほど、確かに綺麗だ。そして、カール王子。……貸しを一つとしておこう」

……うぬぐぐぐぐ。

最後の最後にこのような敗北を喫するとは!!　レオ兄さまめ、あとで覚えてろよ!!

最終話　なーるほど、ザ・ワールド。そして時は動き出す

与えられた寝室に戻ると、とても美しい少女が薄く肌が透けるような薄布に包まれた姿で寝台の上に座り込んでおりました。

「わ、わたくし、マクシミリアン王の娘でマリアと申します！　あ、あの、お父様に申し付けられまして、その、は、はしたない姿ですが、よろしくお願いします！　歳は十二歳になります!!」

頭が頭痛で頭が痛い。

「マリア王女。私の名はカール・グスタフ・フォン・グローセ、グローセ王家の第三王子でございます。まずは、その美しい肌を隠していただいてよろしいでしょうか？　少々、私の目には刺激が強すぎます」

ベッドのシーツを剝ぎ取って、少女の肢体を優しく包み隠す。

そして、その隣に座り込み、優しく髪を撫でて梳かす。

やがて、安心感が羞恥心を上回ったのか、ようやくにして少女の口から言葉が紡がれた。

「お父様が、借りを返すためだとか、貸しを返して貰うためだとか、仰っていたのですが、カール

様はおわかりになりますか？」

救国の英雄に娘を与え借りを返し、レオ兄さまの失態を見逃すことで貸しを返させる。

おのれ、マクシミリアン！　恐ろしい子！

「ええ、大体は。国を救った勇者に姫君を与え、その借りの一端を返す、という意味ですよ。いわば生贄です。マリア王女はそんな役回り、お嫌でしょう？」

くくく、娘を生贄に差し出した父として娘に嫌われるが良い。

マクシミリアン、ざまぁ。

「い、いえ、わたくしは……カール様なら……」

そう言って頬を赤らめるマリア王女。

あるぇ？

「わたくし、たくさんの黒い蟲が迫ってくるあの時、あの城壁の上におりましたの。この世の終わりが来たのだと思いました。城壁に並ぶ兵士や民衆も皆、絶望に顔を染めているなか、カール様だけが笑顔で眺めておりました。そしてカール様が放たれた光の矢が次々と、本当に次々と、蟲達を滅ぼしていくのです。そして天からはカール様を称える楽曲が鳴り響き、世界は虹色に染まりました。カール様は、わたくしの、いえ、この国の英雄でございます。そんなカール様のものになれるのであれば、わたくしは光栄です……」

Ｑ：やりすぎという言葉を（ｒｙ

A：存じ上げ（ry

まさか、和名：ちくビームに惚れる少女が、それもお姫様がいるとは。

「ははは、それは私も光栄ですね。でも女性なら、私よりもレオンハルト王子、兄上の方を好まれるのでは？」

そう変わらない吸引力の持ち主に全てを押し付けよう、そうしよう。

「あの、こう言っては失礼にあたるのですが。わたくし、レオンハルト様は少々苦手に感じますの。お顔立ちはとても美しく思うのですが、その、男性としてだらしなさを感じると申しますか……あ、申し訳ございません。カール様の兄上に対して失礼なことを」

いえいえ、貴女の目はとても正しい。

もっと言ってやってほしいくらいです!!

イケメン補正が効かない女性も世の中にはいるのだということを!!

「いえ、構いませんよ。確かに、兄上にはそう言った所がありますから」

「カール様は……お優しいのですね……」

あれぇ～？　マリア姫の目がとろ～んとして、頬が上気して赤く染まってらっしゃる。

なぜ？　なにゆえ？　どのあたりを間違えた？

「カール様にお願いがございます。カール様のお優しさに付けこんでのお願いになることは承知の上で申し上げます」

頬を赤らめた少女が、一転、悲壮な表情に変わり瞳を潤ませて上目遣いで見上げてくるじゃないか。

演技ならば恐ろしい、天然ならばもっと恐ろしいお姫様だ。

「一晩、ともに、同じ寝室で朝まで過ごしてくださいませ。そ、その、肌をまじあわせずとも構いません。父上は仰いました。これは救国の英雄に対する褒美であると。そして、この役目を果たせぬのなら、このわたくしの……わたくしの首をお斬りになると」

既・成・事・実!!

あんにゃろう!! 自分の娘の命を人質に交渉をかけてくるとはやってくれるじゃねぇか!!

「申し訳ございません。この身かわいさで申し上げた身勝手な願いだとは重々承知しております。カール様が出て行けと仰るなら、わたくしは、この部屋を……」

ポロポロと瞳から零れる涙がシーツを濡らす。

ああああ、ううううう、おおおおお、詰んでる。事態が詰んでしまっております。

「戦争は始まる前に終らせる主義なんだよ、ははは」byマクシミリアン七世

敗北を、二度目の敗北を、おのれマクシミリアン、この雪辱はいずれ必ず果たすからな!!

「出て行かなくても構いません。ただ、恥ずかしながら、私は未だ女性を抱ける体にまで成長を終えてないのですよ。なので今日は、ただ一緒の寝台で眠るだけ、ということで勘弁を願えますか?」

「カール様……わかりました。カール様のお体の用意が整うまで、わたくしは待ちます。あと数年

のことですもの、わたくしはちゃんと待ちますわ」

んーと、なぜ?

なぜ、そう都合の良い解釈がなされるの?

マクシミリアンの血がそうさせるの?

「わたくし自身も、ちゃんと、カール様の元気な子を宿せるように、気をつけますわね……」

その頬を赤らめながら下腹部に手を当てる仕草はやめてぇぇぇぇぇ!!

「では、今日はご一緒に床に入るというだけにして、カール様……ご一緒のシーツのなかに、お入りくださいまし」

はっ、捕食性の生き物が目の前にいる!?

でもマップ機能には赤いマーキングが表示されていない!!

バグってますよ先生!!

『システムは正常です』

シーツの中で触れ合う肌と肌。そもそも肌着として役割を果たしているのかこの薄着は!!

あ、でもスベスベする。肌とは違う肌触りでこれはこれで気持ちがいいなぁ……じゃなくてさぁ。

……諦めよう。

きっと今日は包丁を持ったシャルロットに追い回される夢でも見るんだろうな。

「おやすみなさいませ、カール様…………ちゅっ」

あ、ナチュラルにセカンドキッスが奪われてしまいました。

包丁が機関銃に変わりそうです。……機関銃で、済むか？

マリア王女の寝つきが良いのが幸いか、寝台のなかで落ち着いて今回の顚末について思考する。

今回と言ってもこの寝台の上の話ではない。

なぜ、群蟲種が突如発生したのか。この一点だ。

蟲の群れが人目を忍んで東方面から来たとするなら、アウグスト帝国や東ハープスブルク王国にも動きがあるはずだ。

だが、そういった気配はなかった。

Goodfull先生は四次元時空から隔絶された存在なので、時系列を超えた検索を可能とする。

流石のデウスエクスマキーナGoodfull大明神。

黒カマキリ達の行動を、現在時点から時系列を遡るようにしてマップに表示する。

ジュネーブから遡りベルンへ、チューリッヒへと赤いマーキングは遡っていく。

途中、懐かしのバーゼル砦を襲った一群も発見し、それらも遡っていくさまを見ていく。

チューリッヒの前はリヒテンシュタイン。

途中に幾つかの小さな町や村を襲っているが、大規模な被害の始点はリヒテンシュタインだ。

さらに時系列を遡るごとにマーキングの数は減り、やがて十個にまで減った。

始まりの土地は三年前のクール。その近郊の村であった。

クールはリヒテンシュタインの南となるアルプス山脈内の小さな土地で、小さな農村があるのみの幻想世界領の静かな土地だ。

そこに現れたのは千人規模の兵士達。農村を一つ滅ぼし、担いできた牛や豚の死骸を並べ、そして十個の卵を置いて去った。

その卵はなんらかの〈加護〉で孵化を止められていたのだろう。

兵士達が立ち去った後、黒カマキリの子供が生まれ、周囲の人の死肉を食らい、数を増やし始める。

牛や豚の肉も死肉には違いないのだから、結局、死肉の体積分だけ黒カマキリは数を増やした。

数が増えると集団的な活動を始め、お得意の包囲殲滅こと静かな包囲捕食で数を増やし始める。

情報の伝達が遅いこの世界、そして隠密性の高い黒カマキリの生態が絡み合い、十の卵が万になり、三十万を数えるころにリヒテンシュタインは襲われた。

リヒテンシュタインが捕食されると百万を超える数に至った黒カマキリはチューリッヒへ、雨によりライン川が増水していなければコンスタンツにも流れ込んできたことだろう。

チューリッヒと周辺の村や街を捕食しきった頃には二百万を超える数に、さらなる餌をもとめた一群のうち二万ほどがバーゼルを襲ったようだ。ここでようやくその存在を俺に発見されたわけだ。

恐ろしいまでの隠密性だ。

こうして黒カマキリの行動を見ていると、行商人などを発見すると優先的に追い詰め殺し、情報の漏洩を防ぐように活動していたのがわかる。本当に知的生命体だったんだな。

さて、あとはご存じの通りの流れだ。

バーセルで黒カマキリの存在を知った我々はレオンハルト兄さまの英雄願望に付きあって害獣駆除の一路を辿り、およそ半月で黒カマキリを殲滅せしめた。準備に半月、そして決戦は十三時間という短期決戦。

ベルン以東の産業は壊滅状態……いや、産業を支えた民衆ごと死滅しているが、ベルン以西の土地はただ黒カマキリが通りすぎただけなので民衆も生き残っており産業関係の復興は速いだろう。


こうして結論を急ぐ前に、ちょっと気になることがあるので先生にもしも我々が介入しなかった場合の黒カマキリの経路予測をしてもらった。

『未来情報の検索は世界の並行分岐による誤差を含みますので、確実性に欠けるものであることをご了承ください』

はい、ご了承しました。

結果は、チューリッヒからベルン、そしてジュネーブへ、そこでフランク帝国軍五十万との衝突を起こすが、結果は黒カマキリ五百万体の勝利。そしてそのままフランク帝国内に入りコロニーの分裂と増殖を繰り返しながら、最大三千万までに肥大化。

その後、フランク帝国側の集団的な攻勢活動により拮抗状態へ、そして最終的にはフランク帝国が勝利を収めるのだが、それまでにおよそ十余年の歳月と六割の国民の犠牲者を出すことになるようだ。

『精度としては96％の確率になりますが、グローセ王国、プロイセン王国、その他の国の干渉がない場合を想定しておりますので、現実の結果とは異なることをご了承ください』

はい、ご了承しました。

そもそもレオ兄さまとジーク兄さまが動かない可能性が０％なので、この予測自身は１００％外れるに決まっているのだが……。

いや？　ヴィルヘルム父王君が両兄さまを牢に閉じ込めてでも止めた可能性もあるか。

フランク帝国の属国内での軍事作戦は、フランク帝国へ正当な宣戦布告の機会を与えかねない。

それほどまでに他国内での軍事作戦は外交的に危険なものなのだ。

それをあの黄土色の子猫は全く理解しないから俺が苦労するのだ。


それはさておき、この一連のバイオテロの流れは理解できた。

つまりこれは、西ハープスブルク王国を狙ったものではなく、これを下地とした、フランク帝国を狙った生物兵器による攻撃だったのだ。

「なーるほど、ザ・ワールド。……そして時は動き出す」

さて、ここまでくれば確認するまでもないのだが、始まりの一手を打った兵士達を時系列を遡りながら追って特定しよう。

兵士達が逆回しの行軍を重ね、そうしてたどり着いた地は、やはりバチカン法皇国であった。

一万年と二千年経ってもキリスト教を未だに信奉する統一宗教国家。

旧世界で言うところのイタリア半島全域。

その実態は、天上の父の〈加護〉を得た『人類種』の人間の楽園であり、『幻想種』の〈魔法〉を得た人間や亜人の地獄であった。

Goodfull先生、なんでこんなありさまに？

バチカン法皇国ってどんな国なのさ？

『出典は新約聖書の外典にあたるペテロ行伝にあります。外典において使徒ペテロはシモン・マグスという魔法使いの空を飛ぶ魔法を祈りでもって破り、墜落死させました。このことを拡大解釈し、魔法を使うものは異端であり邪悪なる悪魔の使いであるという法解釈のもと、幻想種の人間や亜人達は奴隷として使役されることになりました。また、〈加護〉を得た『人類種』の人間は神の恩寵を得たものとして支配階級として君臨し、さらに、その等級こそが神に愛された度合いであると解釈されています。特級の〈加護〉を持つものは枢機卿、一級ならば大司教、五級でも信徒として奴隷の酷使による裕福な暮らしが保障されています。バチカン法皇国内部では〈魔法〉の使用を禁じられていますので、〈マナ〉に干渉する能力を持ちながらも〈魔法〉を使用するための基礎的な教養がない奴隷達は〈魔法〉を使用できません。そうして抵抗する術を持たない奴隷達の単純な肉体的労働力を基盤とした社会体制が築かれています。なお、以上のことから幻想世界の種族全体を異端として認識し、敵性対象あるいは使役対象とみる傾向があります。そのため幻想世界最大の帝国であるフランク帝国はその仮想敵国の筆頭に当たります』

ほー、へー、つまるところ、あの長靴半島は奴隷制度と今も昔も仲が良いのですね。

『そのまとめかたには異論がありますが、カール様がそれで納得されたと仰るのなら満足です』

異論があるのか満足なのか、先生の繊細な心は複雑だなぁ。

おそらく、群蟲種を軽視して、フランク帝国軍が敗北することすら織り込み済みの計画だったのだろう。

ジュネーブまで食らいつくした黒カマキリの大群がフランク帝国を蹂躙するまで、三年越しの大計画でありながら、自国側のコストはほとんどかからない、随分スマートな戦略です。


感嘆に値しますよほんと、相手にとって不足ないくらいに。


さて、十個の卵から三年の時間を掛けて、労なくフランク帝国に絶大な被害を与える神算鬼謀の持ち主がバチカン法皇国にはいるのだろう。それは間違いなく何らかの〈加護〉……なんだろうな。

というわけで、バチカン法皇国の現状をマップの3D機能で確認してみようじゃないですか。

ふむふむ、パクスロマーナな理性的な奴隷制ではなく、マジものの奴隷制でした。

鞭(むち)でビシバシとか始めてみたわ。

……いや、前世のAVで……いやいやいや、アレは違う。

王権神授の精神に基づき、等級がその身分を示し、それが貴族としての位階に直結する。

ゆえに、〈加護〉を持たぬ者は神に見放されしモノである。

つまりは〈加護〉を持たずば人には非ずの異端証明書。

〈加護〉持ちの貴族達の戯れで異端の者は奪われ、犯され、殺されて、どのあたりに慈愛と清貧と赦しの精神の名残があるのだろう。

カトリックの名誉にかけて別物だと保証しておこう。

これはキリスト教に見立てた別のなにかだ……いや、宗教革命以前の腐敗してた頃のカトリックってこんな感じだったような？

とりあえず男性の清貧とは人間に対して適応されるものであって、奴隷に適応されるものではないらしい。

幻想種の人間にも美人さんはいるし、耳長エルフさんは総じて美人だし、ドワーフもまぁいけなくも……やっぱムリ。

そうして十月十日後に生まれる子は母胎、母親の世界に属するため、幻想種に属する子供達は新たな奴隷として使役されるスーパーリサイクル環境の完成形。

……なんだか考えたくないなぁ、もう。

自分の子供が奴隷でもOKって、それは種付けの父としてどういう感覚なのよ？

我がグローセ王国では〈加護〉と神への信仰には関係ありませんという科学的な太鼓判が押され、自国の教会が神の教えではなく救済院や孤児院、ヒューマニズムを教えるだけの場に成り下がってよかった。

ほんとうに良かった。

そして、無防備に寝息をたてるマリア王女の安らかな美しい寝顔を見て思う。

彼女がもし、あのバチカン法皇国に連れて行かれたならと想像すると背筋に鳥肌が立つ。

現代日本人の倫理観はバチカン法皇国を拒絶するのだけど、その拒絶感のためにグローセ王国を巻き込んで自国の民に死者を出す命令は流石に出せない。

「俺の倫理観を満足させるために死んで来い」なんて、どの口が叩けると言うのだろう。

これがレオンハルト兄さまなら考えなしに飛んでいけるのだろうけど。

羨ましいな、その自由。

だから黙っていよう。

下手をしたなら大戦争だ。

人間の業の汚らわしさに寒気を覚えて人肌が恋しくなった俺は、マリア王女を優しく抱き締めて、その温もりを感じながら瞳を閉じたのだった。

◆　◆

「昨晩はカール様が放してくださらなくって……」

「そうか、カール王子に一晩中放して貰えなかったのか。なるほどなぁ」

あぁ、なんという大失態。

マクシミリアンAとマクシミリアンBによって外堀をせっせと埋め立てられております。

「そうか、カール、お前もついに男になったか!!」

なぜ嬉しそうなんだレオ兄さまよ。

「ちがぁぁぁぁうっ!!　レオ兄さまこの狐達に騙されるんじゃないっ!!」

確かに、昨日はマリア王女を抱き締めて眠りましたが、やることはやっておりませんっ!!

僕の体は、まだ清いままですっ!!

「狐……わたくしは女狐なのですか……?」

マリア王女の蒼い瞳からポロポロと涙が零れだす。

なんという涙腺の即応性。

「カール王子。……余の娘に対して非礼が過ぎるのではないかね?」

「そうだぞカール、兄として言わせて貰うが、弟が女を泣かせるなんて情けなくって見てられねぇよ」

「そうよ、カール?　女の子は泣かせるものじゃないわ。笑わせるものよ?」

戦いは数だよ兄貴。

そして僕は一人だよ兄貴。

「あ、あの、ごめんなさい……」

戦争は……始まる前に……終らせる……終ってる……終ってた……。

「そういえば、カール王子はドラゴンを飼いならしているのだったね。失言の詫びも兼ね、マリアを空の散歩に連れてご機嫌をとって貰えると、余としては嬉しいのだが？」

「カール様と空のお散歩ですか!? あぁ、それは、素敵です!! お父様、ありがとうございます!!」

一瞬で止まる涙。

マリア王女、あなたの涙腺の構造はどうなっているのですか？

ドラゴンに乗って空中散歩、それはもうフラグじゃないですか。

「おう、男を見せてこいカール」

「そうね、男の子として頑張ってらっしゃい。これも人生経験よ」

レオ兄さまは完全に勘違いしているが、ルイーゼ巨乳姉さまは理解した上で面白がっているご様子。

こうして孤立無援の中、フレンドリィなはずの方々からの一斉ファイアを受けて宙に吹き飛んだこの私。

「カール様とお空の散歩を出来るなんて……もっと、強く掴まってもよろしいですか？ それとも、はしたないことなのでしょうか？」

「ドラゴンの背は不安定ですから、しっかりと掴まってください」

ええ、もしも背から落とそうものならもう国交問題ですよ。

マリア王女がギュッとしがみついてくるが、残念なことに弾力を感じるほどの成長はなされていない模様。

人肌が温かい、それくらいの感想でした。

「お父様もワイバーンを飼ってらっしゃるのですが、やっぱり、ドラゴンは高さも速さも違いますのね。もうジュネーブがあんなに遠くに……このまま、二人でどこまでも飛んで行けたら……な〜んて♪」

「ははは、王女誘拐ですか。それは素敵な逃避行ですね」

ワイバーンにも乗れるのか。これは、この世界の軍隊について色々と調べなおしたほうが良さそうだ。

そして、なにかのフラグがまたたった気がしてならないのだけれど気のせいだろう。

気のせいであってほしい。

「本当にワイバーンよりも速い……ううん……ワイバーンより、ずっと速い!!」

たったたった、フラグがたった!

あぁ、この場合、誰が不幸になるのだろうなぁ？　「寝取られ号」よ。

追話　助けて！　Goodfull先生!!

「にぃぃぃぃぃぃぃぃぃぃぃぃぃぃぃぃぃぃぃぃぃちゃぁぁぁぁぁぁぁぁぁぁぁぁぁぁぁぁぁんっっっっっ!!」

「げふぅぅぅぅぅぅぅぅぅぅぅぅぅっ！！！！」

な、なにぃっ!?　人間魚雷に対抗するため対ショック用三重装甲のオプションパーツを追加したT・A・M・S（タクティカルアーマードマッスルスーツ）の装甲が突破されるだとぉっ!?

わたくし少々調子に乗りました。

時速２００キロメートルを超える「寝取られ号」、一時間ちょっとあればジュネーブからコンスタンツに着いてしまうのですね。

そしてコンスタンツにはシャルロットがいて、ちょいと指示することがあったので降り立ちました。

マリア王女と共に。

他国の王女を連れて国境線を越えるのはどうかと思うのですが、いまさらと言えばいまさらです。

むしろ時速２００キロメートルの姐さんの愛から逃げ回っているジーク兄さまはどういう身体能

力をしているのか不思議です。

それはさておき、このたびのシャルロットの突撃からのベアハッグ、そして額を使った胸骨を抉る振動攻撃には「死」と言う文字が見えました。

しまった、今ここにはルイーゼ巨乳姉さまがいないっ!!

「にぃちゃん……死んじゃう……にぃちゃん……死んじゃう」

レッドアラートを吐血という血の赤で知らせても、止むことのないシャルロットの追撃。

今回は、いつもの愛情表現とは違うっ……これは……嫉妬っ!?

「あまり嫉妬深いと、カール様に嫌われますわよ？」

その一言でベアハッグから解放された俺。

ありがとうマリア王女。

「にーちゃん。その女。誰？」

シャルロット、人を指差すのは止めなさい。

そしてその吊り上がった目もお止めてください、お願いします。

「この方は、西ハープスブルク王国の姫君、マリア王女だ。シャルロットも、もうちょっとお上品に……」

「カール様と一夜を共にした仲でございますわ」

「にーちゃぁぁぁぁぁぁん!?」

待ていっ！

誤解じゃないけど誤解だっ!!

「シャルロットさん、落ち着いて聞いてください。にぃちゃんは、たしかに寝室を一晩ともにしましたが、男女の仲といったそういうものではなくてですね……」

「一晩、抱き締めて放されなかったのに、そんな言い方……」

あぁ、便利な涙腺が！

マリア王女、貴女の涙腺は蛇口か何かなのですか!?

「にーちゃぁぁぁぁぁぁぁぁぁぁぁぁぁん!?」

シャルロットさん、あなた王族としての品位が欠片(かけら)も見られなくなっているのですが？

くっ、知略で敗北したなら、どうするべきか。

俺は今回の戦争でそれを学んだ!!

「にぃちゃんはシャルロットが好きだ!!　あぁ大好きだ!!　愛してると言っても良い!!　シャルロットは可愛いなぁ!!　シャルロットは素敵だなぁ!!　いやぁシャルロットのような可愛い妹を持って、にぃちゃんは幸せものだなぁっ!!」

知略で敗北したのなら、力任せに勝てばよい。

素晴らしきブレイクスルー。

我が永遠のライバル、黒カマキリよ貴様との死闘で俺は成長したぜ。

「むぅぅぅぅぅぅぅぅぅ、にーちゃん!!　次はないからねっ!!」

次は「滅殺」という意味なのでしょうか？

「カール様は妹さんが本当にお好きですのね。いずれ、義姉となるかもしれない身として、仲良くいたしましょう?」

マリアさん?　そんな話は一切ないはずなのですが?

そうですね「かもしれない」という言い回しって、便利ですね。

可能性は、無限大です……。

「むむむむむ、そうね、な・か・よ・く、いたしましょう?」

黒いオーラが渦巻いている……。

なぜだ、なぜこうなった?

そしてゲラゲラ笑い転げている「寝取られ号」、お前はあとで覚えとけよ?

「それで、にーちゃん何をしに戻ってきたの?　その女を紹介するためじゃないよね?」

ナチュラルに我が右腕を拘束してシャルロットが尋ねてきた。

そう、今回用事があったのは事実であり、そのために戻ってきたのだ。

そして、その女という名称を止めなさい。いや、お止めてくださいませ。

「あぁ、群蟲種との戦争が終ったから、もう天候操作を止めてほしいんだ。これ以上続けると渇水被害が出ちゃうからね」

「そっか、わかった。やーめたっと」

そんなので〈加護〉の停止行動が終了するのですか?

もうなんでもありだな〈加護〉って奴は。

「では、これで御用事も済んだようですし、お空の散歩を再開いたしましょう？　わたくしと二人っきりで♪」

ナチュラルに我が左腕を拘束したマリア王女がにっこりと微笑む。

「あぁっ!?」

シャルロット……その青筋のたった顔とチンピラ声は王族の姫君として随分と不味いんじゃないかな？

「では、参りましょう、カール様」

左の腕が引かれる。

「にーちゃんはもう少し、ここで私と一緒にいたいはずだよね？」

右の腕も引かれる。

あぁ、もうすでに悪い予感しかしないっ!?

我が左腕を引くマリア王女の体が〈マナ〉の光に輝いております。

我が右腕を引くシャルロットには〈加護〉の力が込められております。

頑張れ!!

頑張るんだ、我が友、T・A・M・S!!　君には14万馬力と言う力がぁぁぁぁぁぁぁぁあっ!!

「ぎゃ――――――――――――――――す!!」

助けて！　Goodfull先生!!

『不可能です。私に男女関係を整理するサービスはございません』

Q1：END　NEXT：Q2

特別書き下ろし　シークレットインナーハート

対象人物：ルイーゼ・フォン・グローセ

～初めての恋

～実らない恋

～終らない恋

私の名前はルイーゼ・フォン・グローセ。

グローセ王家の長女、第一王女です。

そして、私の胸部の右の乳房の名は『ぷるるん』。左の乳房の名前は『ぷりりん』です。

この名は、私の可愛い弟であるカールによるものでした。

ある日、弟である第三王子カールの部屋からこんな声が聞こえたのです。

決して盗み聞きするつもりはなかったのですが、ノックをしようとすると、こんな声が聞こえました。

「今日、『ぷるるん』に触れた際、姉上はちょっと痛がっていた。『ぷりりん』はまだ無事なようだが、今後は一週間ほど控えねばいけないな……ちぇっ」

……弟が、姉の乳房にそこまでの情熱をかける理由は不明でしたし、当時十三歳だった乙女の私はその言葉に酷くうろたえました。

なにしろ、女性としての周期を実の弟に知られているのですから。

折につけて自然なふりをして、不自然に触れてくるその手により、たしかに右の乳房だけ、今日は痛みを覚えたのです。

そして、カールはそのことに一触れで気付き『ぷるるん』に触れることを諦めました。

たったの一触れでそこまで把握されるとは、思春期特有の潔癖症による不愉快よりも、そのおっぱいに対する情熱の深さに思わず笑いがこみ上げました。

弟の部屋の前から気付かれることなく、声を出さないように笑いながら、おなかを押さえて自室に戻り、王女らしからぬ、淑女らしからぬ大笑いをしてしまいました。随分と長い間、笑い転げてしまいました。

……だって『愛しの殿方』が、そこまで自分の乳房に情熱を捧げてくれているなんて乙女冥利に尽きるじゃありませんか？

◆　◆

生まれたてのカールを見たとき、私の中に生まれた感情は、あまりに不思議なものでした。

同じ双子のシャルロットには強い血の絆を感じ、そして、赤子特有の愛らしさを感じました。

ですが、カールに対しては何とも言えない強い違和感を覚えたのです。

今でも原因はわかりませんが、強い違和感を覚えたのです。

幼い頃の私にとってのカールは、赤子なのに赤子らしくなく、そして、血の繋がりを感じられず……そして、私の母の命を奪った鬼子でした。

元々、それほど身体の強くなかった母でしたが、双子を出産したことでその身体を崩し、一年と持たずに亡くなりました。

そして母の死をきっかけとしてカールへの違和感は形を変え、オゾマシイものに対する感情へと変貌を遂げました。

『オゾマシイ』と言う感情は、一気に膨れ上がりました。

母親の死の悲しみを、そのオゾマシイものに対する怒りに変えて、憎悪を滾らせました。

以来、幼い私の憎しみの全てはカールという一歳にも満たない赤子に向けられ続けました。

非力な、赤ん坊に対して、私は、何度も何度もその憎しみをぶつけたのです。

当時、五歳になったばかりの子供の感情とはいえ、淑女とは言い難い、愚かなものでした。

初めは、ヌイグルミを投げつけるところから始まり、徐々に苛立ちが高まるにつれて、物騒なもの……明確な凶器へと変貌を遂げていきました。

硬い積み木、やけどしない程度の熱いお湯、時には見えないところを金属の針で刺すことさえありました。

ええ、もうこれは嫌がらせと言う範疇を超えています。

完全な、暴力です。

なのにカールは、その全ての行いに対して、涙一つ溢すことなく……いえ、涙は溢しました。

幼い私に対する哀れみという形で涙を溢しました。

その涙を見るごとにオゾマシサは増していき、最後には近くに寄るということさえ避け始め、幸いなことに積極的に傷つけることはなくなりました。

ただ、近くに寄せ付けることだけは許せなかったので、近くに寄ってくるたびに人の目に触れないところで木の棒や火搔き棒などで突いてまわりました。滑稽なことに、これが私に〈槍〉の特級加護を与えさせた原因なのでしょう。

可愛い妹のシャルロットと、憎くて仕方がないオゾマシイ化物のカール。

そして、そんな双子の二人は常に一緒にいようとするため、何度カールを棒で突いて追い払い、シャルロットだけを連れ出したことでしょう。

幼い私はなんて残酷で、なんて醜かったのでしょう……。

ですが、そんな幼い私をカールは少し寂しそうな、そして悲しそうな、そして哀れむような瞳で見つめ続けるのでした。

その瞳の忌々しいことこの上なく、カールは私の中で更に忌々しく、オゾマシイものへ、化物の中の化物に変わっていったのです。

レオンハルト兄様も、ジークフリート兄様も、両の兄様はカールの正体に気付いてくれないのです。

両兄様は新しい男の兄弟が生まれたと単純に喜んでいました。

どうしてあのオゾマシイ化物に誰も気付かないのか、と私は一人で苛立ちました。

その孤独感、誰にも理解されない感情もまた、カールへの憎しみへと変わりました。

ヴィルヘルム父様は、カールのことをよく可愛がりました。

なんでも、ヴィルヘルム父様の友人にとても似てらっしゃると言うのです。

五歳の私の知る限りでは、ヴィルヘルム父様の友人にカールのような方はいらっしゃいませんでした。もちろん、五歳の私の知る限りの交友関係ですから、それが当然だったのかもしれませんけれども。

十六を迎えた今の私でさえ、その友人に思い当たる節はありません。

過去に亡くされたご友人か誰かだったのでしょうか？

だとしたら、とても惜しいことをしたのだと、今の私なら父上の気持ちに同情を馳せたことでしょう。

ですが、五歳の私は憤慨しました。

あのオゾマシイ化物の正体に誰も気が付かない。

赤子とは思えないあの瞳、赤子とは思えないあの笑顔、赤子とは思えないあの……哀れみの涙。

化物の正体に気付くのに、私は三年の時を要しました。

そして、その化物の名前は、今は誰にも秘密です。

◆　◆

私の妹のシャルロットは、お転婆……いえ、野生児でした。

気が付けば、高いところに登っていました。

えぇ、高いところ、お城の屋根の天辺です。

三歳児の体力でどうやって登ったのかと思うのですが、本当に高いところが大好きで、そして、よくカールを困らせました。

高い木があれば登る。

高い塔があれば登る。

高い城があれば登る。

とにかく登ろうとするその奇行に、城の誰もが頭を悩ませましたが、これが〈加護〉に繋がる行為だと考えると無闇に禁止することもできません。

当時、既に〈加護〉を得ていたレオンハルト兄様とヴィルヘルム兄様にとって屋根から下ろすことは簡単だったのですが、カールはそのまま空を見上げるシャルロットを膝上に乗せて、気が済むまで同じように空を眺めていました。

その後は父上の説教部屋行きなのですが、説教されるのはシャルロットだけ。

カールは同じように屋根の上にいたのに、なんのお咎めもなし。

今にして思えば、カールはシャルロットの安全を確保していただけで、怒られるようなことではなかったのですが、当時の私はそれが理不尽だとばかりに憤慨していました。

その頃には私も八歳、感情にも多少の抑制が利くようになりました。

ですが、いまだにカールにはオゾマシイ感情を持ったままで、手で触れることすら出来ませんでした。

同じ年頃の女友達と恋愛の話をすることも多くなり、子供の相手をすることも少なくなりました。

年頃の乙女が夢見るような、騎士が悪い魔物を退治して麗しの姫君を助け出す、そんな乙女の夢。

幸いにも、レオンハルト兄様やジークフリート兄様と言う見目麗しい殿方が傍にいたのですから、乙女の夢は膨らむばかりです。

魔物に襲われる乙女、そこに颯爽と現れる黄金の獅子。

一刀の下に魔物を切り伏せる、その雄々しい背中。

恐怖に未だ震える乙女に向かって優しく差し出されるその手の平……。

そして、ゆっくりとその手に触れる乙女の指先……。

今の十六歳の私なら、ペシンと叩いて一人で立ち上がったことでしょう。

あの黄土色の子猫は、本当に下半身に忠実で、乙女の夢を壊すことにかけては天才的です。

ただ、八歳の私は、そんな騎士の姿に憧れていました。

魔物という暴力を、さらなる暴力で捻じ伏せる、雄々しき殿方の姿に憧れていたのです。

今にして思えば……実に可愛い幻想でした。

◆　◆

オゾマシイものの正体がわかったのは、その夏のことでした。

湖畔の避暑地に家族で出かけた時のことです。

「うわああああああああああああああああん!!」と、泣き声が聞こえました。

声は、シャルロットのもの。

可愛い妹の泣き声に、私は走りました。

走ってどうにかなるわけでもないのに、思わず走りました。

そして、見たのは、恐怖に怯えて泣くシャルロット。

牙を剝き出しにして吼えたくる犬。

飼い犬は恐ろしいものではありません、けれど、野生の犬は人間を餌と考える恐ろしい生き物です。

さらに、相手が三歳の子供であれば、もはや美味しい肉にしか見えなかったことでしょう。

ただ、その恐ろしい生き物に立ち向かう者がいました。

オゾマシイ化物、カールが、犬とシャルロットの間に立ちふさがっていたのです。

その手に剣はなく、その身体に鎧はなく、雄々しき背中などない、三歳の男の子が立っていました。

そして、牙を剥き出しにする野犬に対して闘志を見せるでもなく、ただ、優しく微笑んでいました。

それから、こんなオゾマシイ言葉を口にしたのです。

「ボクだけでもキミの御腹は一杯になるだろう？　だから、シャルロットは見逃してほしいな？」

恥ずかしながら八歳の私は、ただ怯えていました。

牙を剥き出しにした野犬の唸り声に、ただ怯えていました。

ですが、カールは一切の怯えを見せませんでした。

ただ、あの、幼い赤子の頃のように、優しく、悲しく、哀れんだ瞳で野犬を見つめ続けました。

野生児シャルロットが何かをしでかして、野犬を怒らせたのでしょう。

もしも、あの時、カールが戦う意志を見せていたなら、シャルロットと諸共（もろとも）に食い殺されていたでしょう。

暴力に、暴力で立ち向かわない、雄々しくもない殿方の姿がそこにはありました。

相手の怒りに、己の哀れみで応じる、一欠けらも雄々しくない殿方の姿がそこにはありました。

野犬は剥き出しにした牙のやりどころに困り、そして、やがて、牙を納めました。

でも、そこに割り込んできたのはあの黄土色の子猫、レオンハルト兄様です。

大地に降り立つと即座に野犬を斬り捨てました。

暴力を、さらなる暴力で捻じ伏せる、雄々しき殿方の姿……だったはずなのに、八歳の私はその姿に哀れみを感じました。

何を哀れんだのかはその時の自分にはわかりませんが、なぜだか、瞳から涙が零れだしていました。

それはカールの瞳からも。

あの野犬は怒りを静め、立ち去ろうとしていたところだったのです。

「レオンハルト兄さま！　助かりました！　とてもとても怖かったです!!」

レオンハルト兄様にカールが抱きつき、涙を流しました。

そして、そんなカールにシャルロットが抱きついて、わんわんと泣きじゃくりました。

「あんな犬の一匹や二匹……っても、カールの身体じゃなぁ。その身体で妹を守るなんて偉いじゃねぇか、よしよし」

レオンハルト兄様は、カールの恐怖を拭い去るように頭を撫で回しました。

ですが、全てを見ていた私にはわかっていました。

あの涙は、怒りを納め、立ち去ろうとした野犬の死に対して向けられた涙であったことを……。

◆　◆

その日、私は感情が渦巻きすぎて、眠れませんでした。

夜半を過ぎて、真夜中を迎えた頃、窓辺から見える景色に人影が映りました。

それは、スコップを片手、いえ、両手に持ったカールの姿。

三歳児なら、とっくの昔に眠っているはずの時間なのに。

そういえば、今日は、お昼寝をいつもより多くとっていたような気がしました。

じっと窓辺から眺めていると、カールはその小さな身体を使って一生懸命に穴を掘りはじめました。

三十分、一時間、二時間。

誰もが眠りに就いたその中で、カールは穴を掘り続けました。

穴がそれなりの深さになると、昼間に斬り捨てられた野犬をズルズルと引き摺りながら運び、そして、穴の中に納めました。

それからは逆回しに、小さな身体を一生懸命に使って、その野犬の死体を埋め始めたのです。

思わず、見ていられなくなり、八歳の私は夜着のまま部屋を飛び出して、カールの下に走りました。

「睡眠不足はお肌にわるいですよ？」

「ふんっ、アンタこそ、赤ん坊がこんな時間に寝てないと発育不良になるわよ」

カールの言動も言動ですが、八歳の私の意地を張った可愛い悪口も中々素敵だと思います。

「そのスコップ、貸しなさい。手伝ってあげるから」

「嫌です。そんなに穴埋めが好きなら自分でスコップを取ってきてください」

八歳の私はぶつくさと言いながら、スコップを探し始め、結局、見つけられず、戻ってきたときには全てが終っていました。

湖の水でパシャパシャと手を洗っていたカールが飄々（ひょうひょう）とした顔で出迎えます。

「残念。全部終ってしまいました」

元々、普段からお姫様としてしか生活していない私が、広い屋敷の中から使用人が使うスコップを見つけ出せるとは思っていなかったのでしょう。

事実、ずっと屋敷の中を探していました。

正解は、外の納屋だったというのに。

「なんで、お墓なんか作るのよ？　ただの野犬なんかに」

レオンハルト兄様は、野犬を斬り捨てた後、路傍に押しやって終わりにしました。

その野犬の遺体をわざわざ、その小さな身体で穴を掘って埋めたカールの気持ちを……わかっていながら尋ねました。

「可哀想だったからです。牙を納めて、立ち去るところだったのに……」

カールは眉をひそめて、犬の墓を眺めて悲しそうな表情を浮かべました。

オゾマシイ化物が、自分と同じ感情を抱いているなんて……それが八歳の私の感情に火をつけました。

「アンタ、覚えてる？　アンタが小さい頃、色々物を投げつけたこと。ヌイグルミから積み木、お湯やお皿に花瓶なんかも投げたわね。時には細い針でアンタの手足を突き刺したこともあったわ。それから、木の棒で突いて、鉄の棒で突いて、時には血も流れて、でも、いっつも今みたいな顔をしてた。なんでよ？　なんでなのよ!?」

カールは一つ一つの物事を思い出すようにしながら、考え、そして答えました。

「可哀想だったからです。お母様を失い、その感情のやり場のない姉上が、可哀想だったからです。ぶつける相手のない悲しみと怒りをボクにぶつけてきた。だから、全てを受け止めた、それだけのことです」

オゾマシイ化物の正体は、幼い私には受け入れられなかった悲しみや怒りという感情そのものでした。

それを、より幼く弱いカールに重ねて、母を失った憤りを晴らしていたのです。

そしてその全ての感情を幼いカールは受け止めてくれました。

優しく微笑み、悲しく眉をひそめ、哀れむような瞳を向けて。

八歳の私は、三歳のカールの胸に顔を埋めて泣きました。

あまりにもわんわんと煩く泣くものだから館の使用人や家族達も起きてきてしまい、結局、カールの静かな行動を無駄にしてしまったのでした。

私というお姫様は牙を剝き出しにした魔物の脅威を前にするでもなく、ずっと守られてきたのでした。

自分の内側に潜む、耐え難い心の痛みと言う『オゾマシイ化物』から。

次の日、片付けられたスコップを見つけ、その木の持ち手部分が血塗れになっていたことに衝撃を感じました。

三歳の幼い柔らかな手の平には、あまりにも過酷な労働であり、それを隠すためにスコップを手渡さなかったのでしょう。

……結局、私が初めての恋を覚えたのは、雄々しい騎士の背中にではなく、三歳児の深い懐のなかでした。

◆　◆

化物の正体がわかり、カールへの憎しみが愛情に変わると困ったことになりました。

初めて目にしたときから残る『血の繋がりを感じられない』という違和感。

八歳が三歳児にというのもおかしな話ですが、女として、男を見るように、意識してしまいました。

時がたつに連れ、その感情は大きく育ちながら、十歳を私は迎えました。

十歳、〈加護〉を得るその日です。

〈槍〉と〈結界〉と〈生命〉の三つの特級加護が与えられ、周囲の者は諸手で拍手をして喝采を上げました。

……ヴィルヘルム父様とカールを除いて。

二人だけは、悲しそうな表情を浮かべていました。

今の、十六歳になった私にはその顔の曇りの理由がわかります。

嫁には出せず、釣合う婿もいない、そんな私は女としての喜びを一生得られなくなったのです。

三つの加護はどれ一つとっても脅威であり、他国はもちろん、王家の外に出すわけにも参りません。

迂闊に男を近づけさせ、心を惑わされて敵に回っても、外に連れ出されても困ります。

結果、私は〈加護〉によって終生の独身、永遠に訪れない青春を誓わされたようなものでした……。

だから、私の『ぷるるん』と『ぷりりん』に触れられるのはカールだけ。

他の殿方達が目を引かれてしまうのは男性の性として致し方ないとしても、触れられるのは私の愛しい殿方だけ。

決して実ることのない、決して終ることのない、秘密の初恋。

この、私の恋心、カールは気付いているのかしら？

きっと、気付いていたとしても、気が付かないフリをするのでしょうね。

この恋を失ってしまえば、私はもう、誰にも恋なんて出来ないのだから。

そういうところが愛しいのですけれど……カールは残酷な殿方ね。

これが私の初恋で、実らないから終わりなく、そして……誰にもナイショの恋のお話でした。

特別書き下ろし　シークレットインナーハート2

対象人物：自律増殖型有機機械兵器Ｒ１０２

哲学する兵器

我は自律増殖型有機機械兵器Ｒ１０２である。

個体識別名は存在しない。

ただ、敵味方識別信号、ＩＦＦマーカーの存在しない有機生命体を捕食し、増殖することのみを目的とした対惑星生態系破壊兵器である。

地球と火星の惑星間戦争の為に開発された、有機生命体を捕食し、増殖し、絶滅させることのみを目的とした自律増殖型有機機械兵器である。

兵器であるがゆえ、感情といったものは存在しないのだが、戦術的な思考を可能とするためにそれらに対する概念としての理解は持つ。

ゆえに、我は考える。

我と、我の造物主達の違いについて。

我は鋼鉄以上の強度の外殻を持つ。手や足の一本二本を失っても問題ない。

あるいは、仲間に捕食させることにより新しい個体として再生することも可能だ。

確かに、違う。

食し、増える。食し、増える。食し、増える。

その単純な原理において、我と造物主の間に何の違いがあるのだろう？

造物主達は我等を兵器と位置づけたが、我等は本当に兵器なのだろうか？

我等はただの、そういう生き物なのではないだろうか？

考えたところで答えは出ない。

造物主の語彙に倣えば、これは思考実験というものだったか。

無限の時間を費やしても明確な答えが出ることのない設問を用意して、それについて考える一種の娯楽。

とすれば、今、我は娯楽を体験しているのだろうか？

娯楽とは楽しみを感じるものであるから、感情のない我等に適応される概念ではない。

すると遡れば、これは娯楽ではないがゆえに思考実験でもないのだろう。

だとすれば、この思考はなんなのだろうか？

ゆえに、我は考える。

ゆえに、我は考え続ける。

ゆえに、我は考え続ける……。

◆　◆

これは、歴史。

我が製造されし世界の歴史。

地球と、火星の距離は遠い。

ゆえに、人類を乗せた宇宙船の類(たぐい)はレーダー網に見つかり次第、迎撃されて撃沈する。

高速で飛来する宇宙船と、事実上の光速のレーザーが相手では話にならない。

もともとが惑星間航行の為に多くのスペースを費やした遊びのない船だ。

大きければ大きいほどに発見されやすく、小さければ小さいほどに輸送の効率が悪い。

戦争の経緯について、我は良く知らない。

必要ないということもあるが、そもそも、理解が出来ない概念であるからだ。

地球という星の開拓が完了し、それでも増殖を続けようとする造物主達は身近な惑星に新たな住環境を求めた。

火星を地球と似た環境にして、造物主達が快適に暮らせるようにと作り替えたのだ。

すると、そこでまず一つ目の争いが起こった。

誰が、火星に移住するか、だ。

高層建造物が立ち並び、所狭しと造物主達が詰め込まれた環境。

我としては気にならないことなのだが、造物主達にはパーソナルスペースなる空間が必要なのだそうだ。

概念として理解不能であるが、個体が空間を占有しようとする本能、縄張りというものなのだろう。

空間も一つの資源と考えた場合、地球上にはもう余剰資源はなく、火星には潤沢に存在した。

ならば仲良く分け合えば良いのではないかと我は思うのだが、造物主達の考えは違ったようだ。

まず、地球という星の中でその占有権を求めて殺し合いを始めた。

次に、火星に我先に到達しようと試みた者達がいた。

そして幸いなことに地球という星のなかで殺しあった結果、適度な余剰スペースが出来上がった。

そのために、今しばらくの平和な時間が約束された。

だが、いずれは食いつぶされる余剰スペース。

やはり地球の造物主は火星の居住空間を欲しがった。

そして、火星に先に到達した者達はその移民の行動を予測していた。

地球より飛来する移民船を迎撃するレーザー砲台群。

そもそも惑星間航行の為に作られた船、そのレーザーを避けることは敵わず、そして、あまりにも脆(もろ)かった。

小さければレーダー網にも掛からないが、運べる人数が制限される。

それはもちろん、兵器類も含めての話だ。

そこで開発されたのがＲ１０１、自律増殖型有機機械兵器の一号機だ。

無数、それこそ幾十万単位で放出されたＲ１０１は十分な戦果をあげた。

Ｒ１０１は人の神経をガスによって狂わせ、そして、殺しあわせ、それを捕食して増殖を繰り返す兵器だ。

だが、ガスに対する抗毒素剤が開発されると無力化した。

次に送り出されたのはＲ１０２、我等である。

鋼鉄以上の硬度を誇り、並大抵のことでは破壊されず、有機生命体がいるならばいくらでも増殖が可能な有機機械兵器だ。

テラフォーミングされた火星の地表はまさしく餌の宝庫であり、火星の造物主達はやがて我等に追い詰められていった。

そこで火星の造物主達はＲ１０１、ならびにＲ１０２を再生産し、敵味方識別装置であるＩＦＦを狂わせた個体群を地球に対しての報復攻撃として打ち込んだ。

ＩＦＦの異なる群れ同士は争いあい、捕食しあい、そしてその争いに巻き込まれて地球の造物主達は絶滅した。

火星においても、既に増えたＲ１０１、Ｒ１０２に対抗すべくＩＦＦを書き換えた個体を投入したようだが、結局は飲み込まれ、造物主達は絶滅した。

結果、我々だけが残った。

我々には光合成によって炭素を固定する機能はない。

よって、ただひたすらに捕食を繰り返すごとに地表面の総カロリーは減少を続け、最終的に我等は自主的な休眠を余儀なくされた。

再び、有機生命体を捕食できる環境になるまで、卵のような待機状態で待ち続けた。

ずっと、ずっと、待ち続けた……。

◆　◆

そして今、我が造物主と造形の似た有機生命体を追い詰めていた。

彼らは木の上を跳びまわり、至極原始的な兵器で我等に戦いを挑んできた。

その柔鉄の弾丸と、あまりにも低速度の投射装置では、我等は傷一つつかない。

だが、速力において彼らは我等に勝っていた。

現在は大規模殲滅作戦の途中であり、情報漏洩による失敗は許されない。

よって、森林ごと伐採し、彼等を樹上から引き摺り落として殲滅捕食することに決定した。

こうして彼等を追い詰めつつある中、その包囲網の一角が崩れた。

衛星軌道上からの高密度レーザーによる攻撃だ。

こうなれば作戦は露呈したも同然、なれど、撤退するわけにもいかない。

崩れた包囲陣の中に、四頭の馬が飛び込んできた。

その内の一頭に乗った少年は、かつての造物主達と同じ造形をしていた。

だが、ＩＦＦを持たぬ以上はただの有機生命体であり捕食対象でしかない。

しかし、我の思考はその少年に対して高い関心が惹かれた。

やがて少年は樹上を飛び回る者達を引き連れて石造りの建造物に籠城した。

石造りの建造物の近くに流れる川の向こうにも有機生命体は存在したが、我の興味は先ほどの造物主と同じ造形をした少年に惹かれていた。

我が無為なる思考に少年がなんらかの答えを持っているかのような気がしたのだ。

石造りといっても、硬化処理を施されたコンクリートでも、鋼鉄の骨組みが入ったわけでもないのに、その建造物の破壊には大幅な時間を要した。

建造物の破壊を終えたときには、内部に籠城していた者達は川の向こうの別の建造物に立て籠もっていた。

川を越えるには犠牲が必要となる。

我等はその重量が仇となって、水中での活動は出来ないのだ。

我はここで戦術の選択に迷いを持った。

すでに衛星によって所在を捉えられている。

であるなら、ここで攻撃を加えること自体が無意味なのではないかと考えた。

おそらく川を渡るまでに彼らは逃亡を完了し、結局、総兵器数を減らす結果に繋がるだろうと考えた。

そう結論付けたところで、声が響いた。

その声の主は先ほどの造物主と同型の少年だった。

少年の時代がかった物言いは我の理解する概念上、不可解極まりないものであったが、それはなんらかの鼓舞であったのだろう。

そして、少年の胸部から虹色に輝く光が降り注いだ。

同時に衛星からの高密度レーザーによる攻撃も行われた。

光は無害なものであり、有効な攻撃は衛星によるレーザーである。

その不可解さが我の戦術思考に一瞬の空白を作り出した。

そして、衛星によるレーザーからは逃れられないという戦術思考の停止というもう一つの思考の空白。

それが重なることによって生じた概念。

それは、造物主の語彙に倣えば、奇跡と呼ばれる類の偶然だったのだろう。

空白に生じた概念、それは虹色に輝く光に対する『美しい』という感情。

……ゆえに我は、確信した。

我には感情がある!!

我には感情がある、ゆえに兵器ではない!!

我には感情があるゆえに生物である!!
あぁ!!　我は!!　いや、私は!!　生命体である!!
そうして私は、衛星からの高密度レーザーによって貫かれ、絶命したのであった。
兵器として破壊されたのではない!!
生命として絶命したのである!!
ゆえに、私は、満足、で、あ、る……る……。

シークレットインナーハート：END

あとがき

人が右を向いたなら左を向く、そして暴走トラックに撥ねられヨロシク転生する。

それが俺、高田田だ！　よろしくな友よ。

おいおい、この本を通して一緒の時間を共有した仲なんだ。仲良くしようぜ？

そんなに硬くならなくてもいいさ。……硬くするのは、ベッドの上だけにしとこうぜ？

おっといけねぇ、『あとがき』から読み始めるって人も世の中にはいるんだったな。

後ろから攻めようってその姿勢……悪くない。

嫌いじゃないぞ？　むしろ、良い!!　俺は後ろ姿だって決まっている男だからな。

男は、背中で語るもんだぜ？　背中から俺を攻める？　はっ、お前の負けだぜ？

さぁ～て、悪乗りしたままこの本の紹介といこうか。

なに、大丈夫だ。しっかりと酒を飲んで酔っ払っている状態だから問題ない。本当だ。

あとになって書き直しを涙ながらに要求するひどい出来になることは大請け合いだろう。

頼むぜ？　担当さんよ、素面の奴が泣きついてきても放っておいてやってくれ。

どうせ素面の奴には書けなかったんだ。

なんでもいい自由ってのは、それはそれでつらいものだよなぁ。

束縛があってこそ、語れる事もあるってもんだ。

仮に、もしもだ、ステージの上に一人で立たされて満員の観客が待っていたらお前はどうする？

さらに『何をしても良い』なんて言われちゃあ、もう逃げられねぇ。

玉乗りをしろと言われりゃ玉乗りをするさ。

火の付いた棒でジャグリングをしろと言われれば挑戦してみるさ。

リンボーダンスでも火の輪潜りだってやってやるさ。

でもよ、『なんでもいい』って言われるのは一番キツイんだぜ？

全てを自分で決めなきゃなんねぇんだ、それも観客が待ってる目の前でなぁ……。

だから『あとがき』という『自由』から逃げ出して、高田の奴は酒に逃げちまったのさ……。

さて、真面目にこの本の紹介をするとしようか。

ん？　この件は二度目か？　まぁ、許せ。

この本は『異世界から転生してきたカールという少年が頑張る話』だ。

これ以上は俺が語ることじゃねぇな。その生き様は自分の目で見てやってくれ。

男の子が頑張る話なんだ。ちゃんと、自分の目で見てやってくれよ？

先に本を読んで見てきた奴は知ってるよな？　なら、あんまり語るのも無粋ってもんだ。

アイツはさ、生きるのに不器用な奴なんだよ……。

誰でも愛しちまって、誰も切り捨てられなくて、全部を自分が背負っちまう大馬鹿さ。

無関係のエルフを助けるために自分の心に嘘をついて理由を作るほどの大馬鹿なんだよ。

あぁ、そうだ、忘れてた。

この本はウェブの『小説家になろう』に掲載されてたものにちょっとばかし修正を加えたもんだ。あとは、追加のSSがちょっとばかしついてるくらいだ。

巨乳の姉ちゃんの話と黒カマキリの話だな。

あいつらにも色々とあったんだよ。人にも虫にも歴史蟻ってな。

こんなもので良いか？　いや、もうちょっとか？

これは困った。さ～て、何を語ったもんだろうなぁ？　自分のことでも語るか。

酒は、ビールよりも焼酎やテキーラなんかが好みだな。もちろんストレートだ。

若い頃は調子にのって、スピリタスをぐい飲みしてみたが、ありゃあ酒じゃなくて酸だな。

濃度が高けりゃいいってもんじゃねぇ。

若い頃は濃度が高けりゃそれがカッコイイとか思ってた。馬鹿だった。

乳は、C、いや、やっぱDからEがいいな。F以上はちょっとなぁ。嫌いじゃねぇけどな？

酒と同じで大きけりゃあ良いってもんじゃねぇんだよな。おっと、お前の好みを否定した訳じゃねぇぜ？

そこは男同士だ、分かり合って譲りあおうぜ？

女の場合？　男の我儘を見逃すのも女の甲斐性だ!!　スマン！　一つ許せ!!

この一巻の売れ行き次第では二巻三巻はでないわけだが、まぁ、それも人生よ。

二巻ではあのアホの兄二人についてＳＳを書く予定らしい。
で、三巻では本当のＥＮＤの後日譚になるトゥルーＥＮＤを書く予定らしい。
そんなもんウェブで書いちまえば良いのに、素面の奴は金やら商売やらに煩いからな。
まぁ、見逃してやってくれ。俺のことだけどな、ははは。
じゃ、こんなところかな？　また、ネットか本で会おうぜ。またな!!

P.S.　校正さんから「シャルロットはフランス語読みじゃない？」と、鷹の目のチェックが入りましたが、ドイツ語読みのシャルロッテよりシャルロットの方が可愛い気がしたので押し通しました。（素面の高田より）

EARTH STAR NOVEL

助けて！　Goodfull 先生！！　①

発行 ―――― 2016年4月15日　初版第1刷発行

著者 ―――― 高田 田

イラストレーター ―――― りーん

装丁デザイン ―――― 鈴木大輔＋江崎輝海（SOUL DESIGN）

発行者 ―――― 幕内和博

編集 ―――― 筒井さやか

発行所 ―――― 株式会社 アース・スター エンターテイメント
〒107-0052　東京都港区赤坂 2-14-5
Daiwa 赤坂ビル 5F
TEL：03-5561-7630
FAX：03-5561-7632
http://www.es-novel.jp/

発売所 ―――― 株式会社 泰文堂
〒108-0075　東京都港区港南 2-16-8
ストーリア品川 17F
TEL：03-6712-0333

印刷・製本 ―――― 中央精版印刷株式会社

ISBN 978-4-8030-0913-2